Desastres naturales

Pablo Simonetti

Desastres naturales

ALFAGUARA

Primera edición: mayo de 2017
Segunda edición: junio de 2017

© 2017, Pablo Simonetti
c/o Schavelzon Graham Agencia Literaria, www.schavelzongraham.com
© 2017, de la presente edición en castellano para todo el mundo:
Penguin Random House Grupo Editorial, S.A.
Merced 280, piso 6, of. 61, Santiago Centro, Chile
Tel. (56 2) 22782-82 00
www.megustaleer.cl

Printed in Chile – Impreso en Chile

ISBN: 978-956-384-013-1
Inscripción Nº A-276603

Diseño de portada y diagramación: Ricardo Alarcón Klaussen
Ilustración de cubierta: *Desastres naturales* de José Pedro Godoy
Impreso en los talleres de CyC Impresores Ltda.

Penguin
Random House
Grupo Editorial

Ahora bien, en la vida de todo hombre irremisiblemente llega el momento en que este reencuentra la imagen de su padre en la suya propia.

STEFAN ZWEIG,

El mundo de ayer: memorias de un europeo

Los restantes, indiferentes por su propia naturaleza a todo cuanto sucedía en el mundo, permanecían quietos, diríase, por innata cortesía, y consideraban que no era propio de ellos alterar su posición a causa de una catástrofe.

JOSEPH ROTH, *La marcha Radetzky*

A José Pedro Godoy, una vez más.

1. 2015

La única secuela que me dejó el infarto cerebral fue la voluntad de descifrar la relación que tuve con mi padre. También su cerebro sufrió el primer tropiezo antes de que cumpliera sesenta años. Por primera vez en la vida me sentí como Ricardo, fui él, en cierto modo. Mi esfuerzo estará mediado por la distancia que creció entre nosotros, por cómo su imagen se refractó en las personalidades de mi madre y mis hermanos. En la memoria, permanece como un personaje enigmático, opaco, inasible; en la construcción de mi personalidad, como un antagonista, el otro a quien culpar; en la vida, como un protector que me legó privilegios y un atisbo de valentía.

Mis recuerdos son los del niño anhelante y temeroso, pero también quiero pensar como el hombre de cincuenta y tantos que trata de entender a ese otro hombre, de otro tiempo, de un país distinto al de hoy, ambos reunidos por los presagios de la muerte, antes que separados por las distintas corrientes que siguieron nuestras vidas.

Ricardo cumplió cincuenta años el 18 de noviembre de 1970, en medio de ese tiempo tan confuso para mi conciencia infantil, dos semanas después de que Salvador Allende recibiera la banda presidencial de manos de Eduardo Frei. En los veinte años que siguieron, Chile atravesó una de sus épocas más oscuras, tal como ese hombre que era mi padre debió enfrentar la mayoría de sus infortunios, y tal como ese niño que era yo, su trance más difícil. No existe un paralelo entre los conflictos de Ricardo, los míos y los del país; y si bien los acontecimientos influyeron en nuestros destinos, no alcanzan para explicarlos a cabalidad. Aunque quizás a través de estos recuerdos pueda entender mejor la fracción de país en que me tocó vivir. Y si repaso las circunstancias de ese tiempo, tal vez pueda acercarme a mi padre con la compasión que le negué en vida. Acaso pueda recuperarlo para mí.

2. Julio de 1993

Mi padre murió en invierno, una noche que recuerdo particularmente iluminada, como si un dios insidioso le hubiera subido el voltaje a la ciudad. Los focos de los autos, los semáforos, el alumbrado público, los diminutos recuadros de luz que brotaban de los edificios me encandilaron a lo largo del trayecto entre el club de ajedrez y la casa de mis padres. La llamada me había sorprendido en medio de una partida, durante esos trances de concentración que nadie que entienda del juego se atrevería a perturbar. Bastó que el recepcionista me tocara el hombro para que supiera que se trataba de algo grave. Levanté el auricular y oí a mi cuñada Leticia decir:

—Vente.

—¿Mi papá?

—Sí.

Ricardo llevaba mal muchos años debido al párkinson. La enfermedad había arribado como una marea suave a perturbar su rutina diaria —apenas desdibujando la línea que separaba lo que podía de lo que no podía hacer—, para pronto convertirse en un mar inclemente que no cesó de inundar las que antes fueran las calles de su vida.

Al abrirme la puerta con su rostro lleno y demasiado bronceado, mi cuñada me echó los brazos al cuello y me dijo con emoción:

—El tata se murió —así le decía a mi padre desde

que había concebido a su primer hijo, después de muchos años de tratamiento.

—¿Dónde está mi mamá?

—En el estar.

Susanna ocupaba el sillón que había comprado especialmente para poder levantar y sentar a mi padre con mayor facilidad. El ancho sofá forrado en falso cuero se había convertido en una trampa para ese hombre que no era ya dueño de sus movimientos. Mi madre respiraba agitadamente, mientras la enfermera que había contratado para atender a Ricardo le tomaba la presión arterial. Del otro lado del sillón, mi hermano Samuel le hacía cariño en el hombro y le susurraba:

—Mamita, cálmese, tiene que estar tranquila.

De solo verla en ese estado, se me saltaron las lágrimas. Me hirió el destello que despedía el uniforme blanco de la enfermera bajo la lámpara de lectura, cuyo brazo metálico también se asomaba a la escena como una figura más. Por cómo nos cerníamos sobre ella, cualquiera habría dicho que quien estaba al borde de la muerte era Susanna.

—La presión le está bajando. Tiene la alta en 18. Le llegó a 23 antes de que le diera la pastilla sublingual —dijo la enfermera.

—Mamá —me hinqué y la abracé por la cintura, apoyando mi cabeza en su falda. Su pecho subía y bajaba con violencia.

—Ay, hijo... Su papá se murió...

—Sí, mamita —me aparté con la intención de que nuestros ojos se encontraran.

—Vaya a verlo —me ordenó con la mirada perdida.

Al tiempo que me levantaba, dijo con una voz que pretendía ser imperiosa, pero sin la fuerza necesaria para que no sonara como un ruego:

—Salgan de encima, necesito aire —y se arrancó con torpeza el brazalete para medir la presión.

Ricardo estaba de espaldas sobre la cama, las manos apoyadas en el pecho, los párpados cerrados. Después supe que se había tendido ahí momentos antes de sufrir el ataque, diciendo que quería descansar. Su cabeza se veía más pequeña, como si perteneciera al cuerpo de otro hombre, aunque su pelo ralo y no del todo canoso, sus pómulos salientes, la nariz pequeña y las mejillas rubicundas y venosas siguieran ahí. Transmitía una indiferencia extraña a su carácter. Llevaba puesto el suéter de cachemira de cuello en V, con rombos blancos, negros y grises. No se lo sacaba durante el invierno, a no ser que fuera imprescindible enviarlo a la tintorería. Tenía puestos también uno de los tantos pantalones grises que se mandó a hacer con el sastre Aedo y que hacia el final le flameaban en torno a las piernas. Los zapatos negros con suela de goma se los había comprado mi madre en contra de su voluntad, para que no fuera a resbalarse sobre el parqué. Él habría preferido seguir usando sus zapatos italianos con suela de cuero. Vistos desde los pies de la cama, semejaban dos gigantescas excrecencias que brotaban de los frágiles tobillos que alguna vez fueron gruesos y firmes.

Gracias a que había solo una vela y una discreta lámpara de velador encendidas, me sentí a gusto en ese cuarto, alejado de la agitación del estar, hipnotizado por el rostro pálido de mi padre, sedado por la mezcla de olores que de niño hacían de ese lugar el más acogedor de la casa. Me paré junto al cuerpo, le tomé la mano y me reconfortó sentirla tibia aún. Me incliné hacia él y le di un beso en la frente. Después me senté a contemplarlo desde el sofá. Colgados de las paredes, la decena de semblantes religiosos que tanto me incomodaron en otras ocasiones me dieron buena y silenciosa compañía. La tristeza dio paso a una sensación de paz. Al menos mi padre había dejado de sufrir. Sentí alivio por él, pero me sorprendió que también sintiera alivio por mí. Se alzaba el peso que la enfermedad había dejado caer sobre los hombros de la familia, en especial sobre los de Susanna. Y aunque no quise admitirlo en ese momento, sabía que su muerte me daría mayores libertades. A partir de esa noche, la vida tendría una sola cara y podría llevarla adelante como quisiera, sin necesidad de disfrazarla ante él ni ante nadie.

Diez minutos más tarde llegó mi hermano Pedro, el mayor de los hombres. Entró a la pieza con apuro y se detuvo de golpe ante la cama. Su rostro ancho traía un gesto de enojo, reflejado en la contracción del entrecejo y de sus labios finos, en la tensa redondez de los músculos de la mandíbula. Sin embargo, al enfrentarse al cadáver, sus rasgos se distendieron de golpe, como si volvieran a su lugar por orden de un órgano superior.

En un tono franco y sensible que no acostumbraba a emplear conmigo, dijo:

—La mamá me contó que ni siquiera se dio cuenta. Que alcanzó a decir «Susanna» y al momento siguiente ya estaba muerto.

—Al menos no tuvo que pasar por otro calvario para morirse.

Se volvió hacia mí.

—¿Me podrías dejar solo con él un rato? —el caudal de su voz se había adelgazado en la garganta, adquiriendo un timbre más agudo, una suerte de falsa cortesía que adoptaba con el fin de establecer distancia.

A pesar de las diferencias que habíamos tenido, sentí pena por él. Adoraba al papá y se había separado hacía poco. Seguro que le haría falta el consuelo de su mujer y sobre todo echaría de menos el apoyo que Ricardo le dio desde niño.

En el estar, ya más calmada, Susanna no dejaba de llorar y repetía a cada tanto, acompañándose de un gesto de negación:

—No puedo sin él.

Con sus dedos coyunturosos arrugaba una y otra vez un pañuelo blanco, como si recogiera tela que caía desde sus rodillas al suelo, la larga tela del tiempo que había vivido junto a mi padre. Su dolor me arrancó de mi paz inesperada y me trajo de vuelta al desconcierto. Habían apagado la lámpara de lectura y las repisas repletas de libros y objetos se me hicieron presentes, testimonios de ese tiempo que ella no quería dejar ir.

Samuel y su mujer se habían acomodado en el sofá. Bajo el marcado arco de la frente de mi hermano, el brillo de sus ojos me hizo notar que estaba tan bronceado como Leticia. Lo más seguro era que hubieran pasado los días previos en su refugio de El Colorado. En medio de los dominios de la lividez, sus colores resultaban chocantes.

Ricardo Orezzoli murió el lunes 19 de julio de 1993, a los setenta y dos años de edad, durante un invierno en que hubo bastante nieve en las montañas y un aluvión bajó por la quebrada de Macul.

Mi hermana Mónica fue la que más demoró en llegar. Venía desde La Dehesa, donde había comprado una casa hacía poco. Al oír la noticia de boca de Pedro, soltó un borbotón de llanto en el hall de entrada. Ahí la encontré cinco minutos más tarde, asida a su marido, sin la fuerza para decidir si ir a ver a Susanna o el cadáver de nuestro padre. La llamé por su nombre, pero no levantó la cabeza del pecho de Guillermo ni tampoco hizo gesto alguno en señal de que me hubiera oído.

—La mamá dice que vayas a verla.

Su marido la apartó con delicadeza y la llevó tomada de la cintura hasta el estar. Me gustaba alardear de lo parecidos que éramos —los dos morenos, los mismos ojos delatores de nuestras emociones, la nariz larga y algo torcida, una sensibilidad en común—, y por eso me desconcertó el hecho de que hubiéramos reaccionado de manera tan distinta al oír la noticia.

—Hija, tenemos que prepararlo —dijo mi mamá cuando Mónica entró.

No hubo preludio a esta petición. Su efecto inmediato fue sacar a mi hermana del shock. La vi acercarse a Susanna, tomarla de las manos, besarla en la frente y decir sin rebeldía:

—¿Nosotras?

—Lo siento mucho, señora Susanna. Don Ricardo era una gran persona —dijo mi cuñado.

—Gracias, mijito.

—¿Ya llamaron a un doctor para que certifique la defunción?

Samuel y Pedro, que había regresado del dormitorio, se miraron como si hubieran sido sorprendidos en falta. Yo no me sentí para nada responsable del descuido. Aquel día estaba ocupado con mi dolor, con la desolación de Susanna, y sentía que lo correcto era que alguien más se hiciera responsable de los trámites. Ocho años más tarde, cuando murió mi madre, me hice cargo del certificado de defunción, de la compra del ataúd, de las gestiones en la funeraria y el cementerio. Yo tenía el carné de identidad de Susanna, la clave para poner en marcha la burocracia inhumatoria. Quise estar consciente de que también yo la enterraba, no como esa noche en que quería dolerme y que otros enterraran a mi padre.

—Yo me encargo, señora Susanna. Voy a llamar a don Silvio.

Guillermo habló desde la cocina con Silvio Rosso, casado con la hermana menor de mi padre, doctor especialista en radiología.

—Vamos, hija, tienes que ver a tu padre. Prefiero que los de la funeraria no vengan hasta mañana.

La actitud de Susanna había cambiado con la llegada de Mónica. Tal vez se sintiera llamada por la tradición. Ella había aprendido con mi abuela a preparar muertos y ahora encontraba, en esa tarea junto a su hija, una forma de enfrentar el dolor que de otro modo le resultaba inabordable. Quizá pensara que el contacto con el cadáver le sería de ayuda para separar la presencia de mi padre de los despojos pálidos y rígidos que entregaba a la muerte.

La casa se fue llenando de gente. Mi impresión era que los nietos lloraban más por la tristeza de su Susa que por la muerte de su Tata. Para la mayoría, él había sido un abuelo ensimismado a causa de la enfermedad, mientras que ella continuó mimándolos cuanto podía, haciendo de su jardín un lugar abierto para sus juegos. No era mujer que se guardara sus opiniones acerca del carácter de cada uno de ellos, pero las expresaba con un matiz de cariño, de aprecio, sin nunca permitirse que su agudeza llegara a resultar ofensiva. Mi padre en cambio había sido dado a la ironía antes de enfermar y no era el tipo de abuelo que les enseñara pasatiempos, ni menos que los llevara al estadio o a elevar volantines.

Para dar cabida a las visitas, el centro de reunión se desplazó hasta el living. Ahí se formaban dos ambientes que convergían en un sofá giratorio de un cuerpo, forrado en gamuza color tabaco, que en ese momento permanecía vacante. Mientras las fuerzas se lo permitieron, aquel había sido «el sillón del papá», su trono. Nadie cercano a nuestros ritos familiares se habría atrevido a profanarlo esa noche.

La función de esa peculiar pieza de mobiliario era poder volverse a gusto hacia el jardín o hacia uno u otro de los ambientes, sin necesidad de contorsionarse ni de mantener una posición incómoda. Ese sillón representaba de manera excepcional la personalidad de mi padre: un hombre dueño de un agudo pragmatismo y de una alta valoración de su comodidad, curioso al punto de no querer perderse palabra ni movimiento alguno, con la suficiente conciencia de su lugar en el mundo como para sentarse sin falta en el centro del salón.

Me había refugiado en unos de los dos sofás de cuero verde claro que se ubicaban en paredes enfrentadas, con el sillón giratorio marcando el punto medio de la distancia entre ellos. A mis espaldas pendía un cuadro de Susanna, «pintado por el maestro Venegas», como le gustaba decir a mi padre. Parecía pensado para la ocasión: mi madre llevaba puesto un vestido negro y tenía el rostro dominado por un grave gesto de madurez. Su talante hierático la hacía parecer mayor de cuarenta, cuando en realidad había sido retratada a los veinticuatro años, poco después de casarse. Debió de ser un atrevimiento por parte de mi padre mandar a pintar el retrato de su mujer tan temprano en la vida, una clara muestra de la ambición que lo habitó mientras estuvo sano.

Luego de examinar el cadáver, el tío Silvio entró al salón repartiendo abrazos a diestra y siniestra. Traía una sonrisa dibujada en el rostro y su grueso bigote le daba a ese gesto más realce del apropiado para la ocasión. Ya lo había visto antes en actitudes similares, ostentando cierta superioridad. Como buen doctor, creía ser el único entre los presentes que cruzaba la línea entre la vida y la muerte sin arredrarse. A su lado, la tía Fedora, hermana de nuestro padre, con sus grandes ojos negros flotando en las cavidades perfiladas bajo su piel, se veía también liviana de ánimo, como si no hubiera ocurrido nada grave.

—Buen tipo Ricardo —el tío Silvio hablaba en voz alta, con tono bonachón— es mejor que se haya muerto. Ya, cabro, anímate —me dijo al verme afectado—, tu papá está mucho mejor ahora —y sin siquiera detenerse a considerar lo que hacía, se sentó en el sofá de gamuza, para continuar desde ahí con su perorata—: Lo que tenía no era vida. Murió de un ataque al corazón. El párkinson termina debilitando los órganos principales. Por suerte no fue el hígado. Pudo ser mucho más desagradable.

Hizo girar el sillón de un lado a otro y dirigiéndose a su mujer, comentó:

—Bien cómoda esta porquería, Fedo, podríamos comprar uno para nuestro living.

—A Ricardo le encantaba sentarse ahí —dijo ella con ternura.

Ninguno de los dos advirtió las miradas atónitas de los demás. Fue entonces que entró mi madre y dijo:

—Párate de ahí ahora mismo, Silvio —y su tono de voz esta vez sí sonó terminante.

Él se levantó sin prisa, aunque su rostro había adquirido un aire de preocupación.

—La labilidad emocional es típica en los deudos más cercanos —dijo yendo hasta ella, y en un giro insólito de la situación, le sostuvo una de sus manos palma arriba—. Déjame tomarte el pulso.

—¡No seas cretino! —mi madre retiró la mano y vino a sentarse a mi lado, la cabeza gacha, las piernas en estrecho paralelo.

La tía Fedora se acercó a él, le susurró algo al oído y lo sacó de la habitación.

Un poco más tarde llegó el tío Juancho. Samuel había ido a buscarlo por encargo de Susanna. Juan

Silva era el mejor amigo de Ricardo, además de ser confesor de mi madre y sacerdote de la familia. Los tres hijos hombres habíamos estudiado en el Luis Hurtado, precisamente porque él era rector de ese colegio. Llevaba puesto su invariable traje gris, chaleco de lana y camisa celeste con alzacuello. El grueso pelo negro engominado y la mirada alerta detrás de los anteojos impecables le conferían a su aspecto una frescura matutina. No nos prodigó la ancha sonrisa de costumbre, solo miró alrededor con solemnidad y fue hasta donde estaba Susanna. Salieron juntos rumbo al dormitorio. Luego mi madre pidió que los hijos nos reuniéramos en torno al cuerpo de Ricardo para rezar un responso. Por un instante pensé que al enfrentar el cadáver de su amigo —vestido de traje y camisa, los orificios tapados con motas de algodón, la mandíbula amarrada con un pañuelo—, el estoico sacerdote se transformaría en doliente. Pero lo vi aferrar con fuerza el rosario y pronto la salmodia de su rezo fue calmándolo, al igual que al resto de nosotros.

El último en llegar fue el tío Ignacio, único hermano vivo de Susanna. Era un hombre viudo, al que el descuido de la barba y las manchas en la piel le conferían un aspecto fatigado. Gracias a su porte, cada vez que entraba a un lugar, como esa noche al cruzar el umbral, la gente se volvía a mirarlo. Caminaba con la espalda recta y, a pesar de la deslucida chaqueta de tweed y el brillo en la parte de atrás de sus pantalones, transmitía un aire de elegancia y mundanidad. Llevaba puestos unos zapatos Church's, de los que yo me había deshecho por encontrarlos demasiado formales. «Susanita», le repitió a mi madre al oído, manteniéndola abrazada durante largo rato. Ignacio había sido el arquitecto de esa casa. Cuarenta años después de haberla proyectado, seguía viviéndose como una construcción moderna, bien pensada y luminosa. El lugar estaba lleno de sus gestos de estilo: techos entablados, ventanales modulares de suelo a cielo, cambios de nivel en el piso, terrazas de piedra laja, anchos aleros. Él y mi madre eran cercanos y cómplices, y yo le tenía una gran admiración.

De los íntimos, los únicos que no pudieron llegar fueron mis padrinos. Vivían en Viña del Mar. Cuando Mónica les avisó, pidieron hablar con Susanna para asegurarle que al día siguiente se vendrían a pasar una semana donde una de sus hijas, y así podrían acompañarla.

Alrededor de la medianoche hablé por teléfono con José. Más temprano le había dejado un mensaje con la noticia en la contestadora del departamento. Al oírlo, había decidido esperar mi segunda llamada para saber cómo actuar. Me lo imaginé junto al teléfono de nuestra pieza, sentado en el borde de la cama, con su cuerpo fuerte conteniendo esa energía que brotaba de él cuando ocurría algo extraordinario. Sentía fascinación por las singularidades de la existencia, ya fueran accidentes, enfermedades, terremotos, catástrofes, rupturas o muertes. Fue dulce conmigo, pero sin enredarse en ninguna de las fórmulas convencionales para mostrar compasión. Quería conocer el estado de cosas. ¿Cómo me sentía?, ¿cómo lo había tomado Susanna?, ¿cuál era la situación que se vivía a mi alrededor? Había reunido a nuestros tres mejores amigos en común —dos mujeres y un hombre—, seguro que me daría gusto verlos. ¿Podían ir a verme? La explicación que le di para negarme tenía algo de verdad. La nana Juanita, la enfermera y mi hermana Mónica no habían tenido tregua atendiendo a los más de treinta parientes y amigos de la familia que llegaron a hacernos compañía. No me parecía justo imponerles cuatro nuevas visitas a esas horas. Sin embargo, el auténtico motivo era que me sentía sin fuerzas para afrontar la tensión que provocaría su presencia. Pensé en Susanna y la incomodidad que sufriría al verlo; en el consejo de Samuel de llevar mi vida de pareja aparte de la familia; en el temor que yo le tenía a mi padre, transvasado después de que enfermó en la figura de Pedro. En ningún momento pensé en mi propio bien, en lo reconfortante que habría sido recibir el abrazo de José en esas circunstancias.

3. Julio de 1993

Me sorprendió que Susanna no hubiera considerado comprar o construir una tumba para mi padre. El asedio de la enfermedad había durado doce años. La razón debió de ser afectiva. Ella atendía antes que nada a las consecuencias que sus actos pudieran tener para sus seres queridos. Seguramente temió que mi padre sospechara que buscaba una tumba y no quiso enfrentarlo de manera categórica a la proximidad de su muerte. Él también podría habérselo sugerido, aunque estoy casi seguro de que no lo hizo. El hecho de que no hubiera pensado en una tumba familiar cuando aún estaba sano ya era bastante decidor. Y una vez que enfermó, vivió parapetado detrás de su rutina diaria, escondiéndose de su destino. Uno podía notar el terror en sus ojos caídos, la codicia de sus manos temblorosas al revisar las casillas del pastillero, el anhelo de vida en la anticipación con que se alistaba para ir al doctor. Una y otra vez quiso convencerse de que estaba bien, caminando a tranco largo por un pasillo, hasta que se veía enfrentado a una puerta y sus pasos se hacían tan cortos que no era capaz de cruzar el umbral. Si me viera sometido a semejante trance, quisiera que mi reacción fuera la opuesta, aunque doy por hecho que no será así. Bastó que me dijeran que las causas de mi accidente vascular habían sido la hipertensión y el alto colesterol para que me convirtiera en un prosélito de la comida «sana» y sin sal.

La concurrencia al velatorio y a la misa de muertos fue numerosa. Había supuesto que la gente se había olvidado de él o que ya no le daría la importancia que alguna vez tuvo como empresario metalúrgico. Pero la noticia de la muerte de Ricardo congregó a los gremios empresariales, a los sindicatos de obreros y empleados de Comper, a la numerosa familia Orezzoli, incluso los compañeros de colegio de mi padre llegaron hasta la parroquia de la Inmaculada Concepción a darnos el pésame. La notoriedad que tuvo su muerte en la sección de defunciones de *El Mercurio* quizás alentó a más de uno a asistir. Podría pensarse que el interés espoleó también a otros cuantos. Desde que mis hermanos se habían encargado de la fábrica, la habían hecho crecer al punto de convertirla en una de las niñas bonitas de los bancos de inversión que buscaban empresas familiares para abrir a la Bolsa. Con los años y la juventud a mis espaldas, acercándome a esta etapa de la vida en que las enfermedades comienzan a ocupar el horizonte, he llegado a comprender que la mayoría de la gente fue a esa iglesia por otra razón: eran tantos los que no habían encontrado la oportunidad o la forma de expresar la lástima que les despertó ver al hombre activo, lleno de determinación e inteligencia, transformarse en pocos años en un hombrecito débil, asustado y triste.

La mayoría de mis amigos se encontraban ahí, desde mis compañeros de colegio hasta mi grupo más íntimo, pasando por los de la universidad, el trabajo y el ajedrez. Así se repitió con mi madre y cada uno de mis hermanos.

Al momento de iniciarse la misa, yo me hallaba sentado en primera fila, a mano izquierda del ataúd. Le había preguntado poco antes a José si quería que nos sentáramos juntos, más atrás. Sin negarse de plano, me dio a entender que prefería quedarse con nuestros amigos y que mi obligación era estar con los míos. Él provenía de una familia sin dinero, para la cual las formas constituían riqueza, y no estaba dispuesto a renunciar a ellas en una ceremonia en que las convenciones se imponían con fuerza muda y ancestral. No debía yo preocuparme. Estaría bien acompañado y así podría prestar mayor atención a lo que sucediera a su alrededor. Desde la nebulosa emocional en que me encontraba, percibí que a José le divertía el panorama ofrecido por esa reunión de gente diversa, de la que sería fácil entresacar anécdotas con las que más tarde me haría reír. Poseía la virtud del humor y la empleaba como fuente de consuelo.

El aturdido rostro de mi madre, las cabezas vacilantes de mis hermanos, la voz temblorosa del tío Juancho al entonar el canto inicial; la tristeza de las figuras de la Virgen esculpida en madera, del Via Crucis pintado en los muros, del Cristo que presidía el altar; los rastros de incienso en el aire, la lejanía de José, la altura de los cielos, la egocéntrica sensación de que todos los presentes se apiadaban de mí, propiciaron un tumulto de emociones por la historia que habíamos vivido mi padre y yo. Me culpaba de la crueldad con que lo había tratado mientras estuvo enfermo, lo culpaba por no haberme querido como soy. La formidable presencia de un padre ya no se haría carne en mi vida. Lloré, no pude contenerme hasta que salí de la iglesia, asiendo una de las barras del cajón. Cuando Susanna murió no tuve necesidad de llorar. Salí con la cabeza en alto, al frente de quienes cargábamos el ataúd, sintiendo el peso de su cuerpo en mi brazo derecho. Me despedía de mi madre con la paz de haberla amado y de haber sido amado. Con mi padre en cambio había quedado gran parte de nuestro amor pendiente.

En la explanada, lo que en un principio pareció ser un remolino de gente que convergía hacia la carroza, pronto tomó la forma de filas que giraban y se entrelazaban en busca de uno u otro de los miembros de la familia. Mi madre se hallaba todavía en el centro, pero los hijos nos habíamos ido alejando, arrastrados por la fuerza centrífuga que la gente ejercía sobre nosotros. Al décimo abrazo comencé a actuar de forma automática. Gracias, gracias, decía, sin escuchar lo que con tanto esfuerzo habían pergeñado quienes buscaban reconfortarme de algún modo. Deseaba terminar de una buena vez con ese trámite convencional, me obsesionaba la idea de partir cuanto antes al cementerio. De pronto, sentí que un dedo me tocaba la espalda con insistencia, sacándome de la mecánica de la cortesía. Al girarme, descubrí a José.

—Perdona, vengo en contra del tránsito —sonrió—, pero supongo que tengo ciertos privilegios.

Con esa frase cambió mi estado de ánimo, trayendo mi humanidad de regreso. Nos abrazamos largo rato y cuando se alejó de mí ya no me fue difícil seguir con la tarea de los saludos.

El entierro se realizaría en el Mausoleo Italiano del Cementerio General, al que se llegaba por la entrada de avenida Recoleta. Nunca supe cómo ni quiénes consiguieron esa tumba. Sospecho que al ser mi tío abuelo Bruno Orezzoli uno de los principales benefactores de la colonia italiana en Chile, director del Audax Italiano, del Club Italiano, del Socorro Mutuo Italiano, de la Scuola Italiana y del Estadio Italiano, también había contribuido a la construcción del enorme mausoleo blanco, recibiendo a cambio unos cuantos nichos para su familia. Yo había estado una vez ahí, cuando enterramos a mi nonna. Tenía siete plantas dispuestas en la forma del interior de un caracol, aunque de paredes rectas y esquinas ortogonales. Una vez dentro se ascendía mediante rampas, flanqueadas a la izquierda por las paredes con nichos y a la derecha por un pretil que prevenía de caer al vacío. Nos ofrecieron un carro, una especie de camilla con ruedas, para subir el ataúd, pero en uno de esos infantiles arrebatos de hombría, los ocho porteadores dijimos que subiríamos cargándolo. Llegamos exhaustos frente al hueco abierto en la pared de la tercera planta, sobre todo los que venían más atrás. El techo acristalado permitía que la luz invernal bajara por el vacío interior y se posara sobre las lápidas. El nicho que esperaba el cadáver de mi padre se hallaba junto a los de la nonna y el nonno, al que no conocí. En las tumbas cercanas se repetía el apellido Orezzoli. Me sorprendieron dos lápidas contiguas, labradas en bronce. Una correspondía a Antonio Orezzoli y la otra a Assunta Monti. No estuve seguro ese día y no llegué a preguntarle a Susanna, pero se trataba de mis bisabuelos paternos, los primeros de ese lado de la familia que llegaron de Italia.

Por muy blancos que fueran el mármol y las paredes, por mucho brillo que despidiera el bronce, no había manera de sacarme de la cabeza que ese mausoleo era una sola y gigantesca fosa común. Miré una vez más alrededor y me llegó la imagen del purgatorio del Dante, los siete círculos que imaginó para que los penitentes expiaran sus pecados capitales. Seguro que el arquitecto los había tenido en cuenta. Nosotros mismos habíamos acarreado un gran peso, como en *La divina comedia* deben hacerlo los soberbios del primer círculo.

Mi madre y Mónica habían asistido al cementerio. Se veían mustias pero nada frágiles en sus vestidos negros. Aún en esos tiempos, en nuestro círculo, se suponía que las mujeres debían regresar a la casa después de la misa de muertos, porque a sus espíritus sensibles les resultaría demasiado dolorosa la crudeza del entierro. Primero habló el presidente del sindicato de operarios, un hombre bajo, de cuerpo ancho y voz decidida. Agradeció el buen trato que mi padre siempre les dio a los obreros y su continua preocupación por que tuvieran todo lo que necesitaran para sentirse a gusto en la fábrica. Luego le tocó el turno al presidente del sindicato de empleados. Flaco e inexpresivo en su traje gris claro, miraba el piso cuando dijo que don Ricardo había sido un ejemplo para ellos. Por supuesto que habían tenido roces, pero nunca el jefe había perdido la disposición a negociar. Enseguida tomó la palabra el presidente de la Asociación de Industrias Metalúrgicas, Asimet. Me llamó la atención que fuera un hombre de piel oscura —creía que todos los gremios empresariales eran antros clasistas— y que a sus buenos años conservara todo el hirsuto pelo en su lugar. Alabó la apertura de Ricardo Orezzoli al mundo y a las nuevas tecnologías, sobre todo porque lo había hecho en un país que tendía a cerrarse sobre sí mismo. El último discurso fue del presidente de la Sociedad de Fomento Fabril. Sus ojos verdes y su frente despejada brillaban en la escasa luz, su voz abarcando a la concurrencia, aunque sus palabras sufrieran con la torsión de clase a la que se veían sometidas. Fue emocionante escucharlo decir cuánto había aprendido de mi padre, en especial respecto a la ética de los negocios.

El vacío interior del mausoleo se abrió dentro de mí cuando ni Pedro ni Samuel tomaron la palabra a nombre de la familia. Mi madre y Mónica se mantenían cabizbajas. Alguien debía hacerlo. Ricardo no había sido solo un empresario, también había sido una persona, un padre de familia. Alcé la vista hacia Pedro y con el mentón lo incité a que hablara. Contrajo la boca en un gesto de prescindencia, negando apenas con la cabeza. Tuve el impulso de hablar. Seguía con las emociones solivantadas, quizá no podría terminar la primera frase sin ponerme a llorar. Samuel miraba el suelo con las manos tomadas detrás de la espalda y se balanceaba sobre sus pies, un gesto de impaciencia que yo conocía y que expresaba su deseo de salir pronto de ahí. Iba a dar un paso al frente cuando me pregunté qué podía decir. De todos sus hijos, era el que menos conoció a Ricardo. Salvo nuestro tiempo en el sur, mi infancia y mi adolescencia correspondieron a sus años más ocupados en la fábrica, y cuando llegó mi juventud, enfermó. Quizá mi vacilación se hizo notoria. Pedro y Samuel se volvieron hacia mí y sus ceños se cargaron de contrariedad. O bien yo quise ver rechazo en sus semblantes. Claro, no podía gustarles la idea de que yo hablara en representación de ellos. ¡Con qué derecho! Pedro había trabajado con mi padre durante veinte años, era el mayor de sus hijos hombres, había sido testigo de cómo nuestra familia creció y se consolidó, ¿y pretendía yo hablar en su nombre? Peor aun: el que había hecho que los ahí presentes se compadecieran de nosotros y hablaran a nuestras espaldas, el que había ensuciado el nombre de la familia, ¿ese hijo pretendía representarlos? Todas estas ideas pasaron por mi mente en un segundo y terminaron de paralizarme. Nos alcanzó el eco de unos pasos en la planta baja. Pedro se acercó al ataúd, y sobraron manos para ayudarlo en la tarea de levantarlo y empujarlo hasta que hubiera entrado por completo en el nicho. Todavía recuerdo el ruido que produjo el roce del cajón contra el cemento. Luego vino una nueva serie de abrazos y todo terminó.

4. Diciembre de 1971

Esa mañana no le tenía miedo. Al contrario, lo sentía mi cómplice. Bajo la luz del amanecer que clareaba en el pasillo, ni la prominencia de su panza ni sus grandes anteojos cuadrados consiguieron intimidarme. Ni siquiera me amedrentó la definición que adquirieron las líneas de su rostro bajo la lámpara colgante del comedor de diario. Ricardo quería que partiéramos a las seis de la mañana, para evitar que el calor vespertino nos sorprendiera en la carretera. Como de costumbre, él y yo éramos los primeros de la familia en estar listos. Más temprano se levantaba la nana Juanita, y ese miércoles 29 de diciembre de 1971, a las cinco de la mañana, ya tenía dispuesta la mesa del repostero y preparaba sándwiches para el viaje. Dada la lentitud con que movía su pequeño pero grueso cuerpo, era difícil explicar la rapidez con que realizaba sus labores.

Se aprestó a llevarle la bandeja del desayuno a mi madre, pero Ricardo se la quitó de las manos.

—Si no se la llevo yo, no va a salir de la cama quizás hasta qué hora.

Pareciera que vuelvo a verlo salir del repostero, con la bandeja en las manos, la incipiente curva dibujándosele en lo alto de la espalda, como si su cuerpo intuyera lo que tendría que pasar años después.

Más tarde vi a Susanna deambulando por el dormitorio. Iba de una maleta a la otra, todavía en camisa de dormir, con actitud sonambulesca y ojeras de reproche. Pedro no está en mi recuerdo. Mónica ya se había casado. Samuel por fin había salido del baño y ayudaba a mi padre a cargar sobre la parrilla del Fiat 125 los bultos preparados la tarde anterior. Luego los asegurarían con un «pulpo» y una cuerda gruesa. Desde hacía seis meses, esa máquina color rojo italiano se había convertido en el auto familiar. Para Samuel, a sus trece años, los noventa caballos de fuerza, la quinta marcha y la capacidad de aceleración constituían la llegada de la modernidad a nuestro mundo. El tiempo que demoraba en alcanzar los cien kilómetros por hora era extraordinario para un auto de ciudad. Para mí también constituía un cambio de época, aunque por otras razones: me gustaba la sobriedad del color y que llevara el apellido «italiano»; me hipnotizó la madera reluciente de la empuñadura que coronaba la palanca de cambios; y me alegró que en vez del asiento corrido del viejo Peugeot 404, en la parte delantera de la cabina hubiera dos butacas, permitiéndome asomar el cuerpo entre mis padres. Ricardo se vanagloriaba de su auto cada vez que tenía oportunidad, sin importarle que mi madre lo reprendiera por considerarlo un derroche de dinero en las circunstancias que vivíamos. La tarde anterior, Samuel había repetido más de una vez el cálculo de cuánto tiempo nos demoraríamos en llegar. Si se consideraba que la máxima velocidad permitida era de cien kilómetros por hora, debíamos suponer un promedio de noventa, lo que implicaba que nos tomaría ocho horas y media recorrer los setecientos cincuenta kilómetros hasta Villarrica.

¡Negra!, llamaba Ricardo desde el estacionamiento empedrado. Mi madre no dejaba de moverse, ahora dentro de la atmósfera azul del baño, en busca de algún frasco que a último minuto creía necesario echar en su neceser. Para un niño de nueve años como yo, esa pequeña maleta de plástico duro no podía ser más que un acumulador de potingues inútiles, ignorante como era del secreto de cremas, maquillaje, lociones, utensilios y remedios que apuntalan la salud y la desfalleciente belleza a partir de cierta edad.

Serían unas vacaciones especiales. Por primera vez, Samuel y yo viajaríamos con nuestros padres. Hasta ese entonces pasábamos los veranos en Concón, en la casa que Susanna había heredado de mi abuela. Ricardo iba a vernos los fines de semana y la última quincena de febrero. Ahí nos reuníamos con Mónica, su marido y su hijo recién nacido, el tío Juancho y Pedro.

Nuestra vida había cambiado desde que Ricardo tenía tiempo libre. A principios de octubre, su fábrica de perfiles de metal había formado parte del primer grupo de setenta y cuatro industrias expropiadas por el gobierno de la Unidad Popular. Los sindicatos de empleados y obreros se habían hecho cargo de la operación y el ministro de Economía, Pedro Vuskovic, había nombrado a un ex comisario de Investigaciones como interventor. En mi recuerdo, que distorsiona con favor las conductas excepcionales, durante noviembre y diciembre mi papá pasó la mayor parte del tiempo en el living de nuestra casa, sentado en el sofá de gamuza. Lo veo inmóvil a pesar del fácil giro del sillón, con su panza recortada contra la luz glauca proveniente del jardín. Su expresión taciturna no me despertaba temor ni extrañeza, sino irritación, el mismo enojo que años más tarde me causaría la progresiva invalidez que le infligió el párkinson.

Junto al tío Flavio, su socio, Ricardo había fundado Comper a los veinticinco años, y desde entonces se había dedicado a esa fábrica con pasión persistente. Después de haberle entregado media vida, se quedaba sin su principal creación. Me desorientó que estuviera en la casa, mi mente infantil no comprendía su pena. Según había oído, no tendríamos problemas de plata, entonces, ¿por qué no estaba feliz de tener vacaciones? Con más edad de la que él tenía en esa época, comprendo ahora que si me quitaran de golpe mi pequeña empresa de desarrollo de sistemas, me desesperaría y no tendría fuerzas para enfrentar el vacío con la misma hidalga resignación.

Seguramente fue su gran amigo Atilio, mi padrino, quien lo espoleó para que se levantara de ese sillón e hiciera algo, cualquier cosa, un viaje por ejemplo. Duraría un mes y medio en total. Nuestra primera parada sería en la casa que él y su familia tenían en Playa Linda, un caserío situado en la ribera sur del lago Villarrica.

Salimos finalmente a las siete y media de la mañana. Los rasgos de mi padre habían recuperado la tenacidad que exhibían antes de la expropiación. Su rostro se hallaba dominado por ángulos rectos: el quiebre de la mandíbula, el corte de las patillas negras casi sin canas, la intersección de la línea de sus delgadas cejas con el tabique de la nariz, incluso las esquinas de sus lentes, que cubrían sus ojos grises, pequeños y húmedos. La excepción a tanta ortogonalidad la constituían sus mejillas mórbidas, rubicundas, que habían comenzado a cubrirse de finas venas, como si se tratara de una naciente debilidad de carácter, una blandura que iba cubriendo el engreimiento de sus altos pómulos. Junto a él, la hosca expresión de mi madre, dominada por la oscuridad de sus ojos agazapados, parecía decir que todo el asunto del viaje había sido concebido para atentar contra su tranquilidad. En cuanto a mí, tenía que controlarme para no dar gritos de alegría en el asiento trasero. A causa de la anticipación, la noche anterior había dormido a saltos. Pasaba por una época de furiosa curiosidad, asaltaba almanaques, mapas geográficos y enciclopedias en busca de datos para memorizar. Con el viaje en vista, me atiborré de números relativos a la geografía de Chile. Quería sorprender a mi padre. Memoricé los ríos principales que cruzaríamos, los más largos —todavía recuerdo los trecientos ochenta kilómetros del Biobío—, los más caudalosos —el Biobío y el Maule—; anoté los volcanes que avistaríamos de norte a sur, sus alturas y, si daba con la información, sus erupciones recientes. Me obsesioné con el volcán Villarrica, célebre por la simetría de su cono siempre nevado, con sus 2.840 metros de altura sobre el nivel del mar y un amenazante historial de erupciones. Confiaba en que Ricardo disfrutaría con toda esa información. Compartíamos la misma curiosidad por saber más de lo que se presentaba ante nuestros ojos.

A medida que avanzábamos, mi hermano controlaba el cuentakilómetros y su reloj. Me miraba con sus ojos ambarinos, brillantes de frustración, para decirme en un gruñido que el promedio de velocidad había bajado de los ochenta kilómetros por hora. Cuarenta minutos después de salir de Santiago, la principal carretera del país se había convertido en un camino de una sola vía en cada sentido, con hoyos y grietas en el pavimento. Samuel se recriminaba por no haber considerado que nuestro padre se mostraría indeciso al momento de sobrepasar los camiones de carga que se dirigían al sur, aunque nos encontráramos en medio de una larga recta desolada. Tampoco había calculado las frecuentes detenciones al baño a las que mi mamá nos obligaría, ni su necesidad de tomar una taza de té caliente a media mañana, ni su deseo de comprar de regalo para mis padrinos una lámpara de mimbre en Chimbarongo, ni su capricho de hacernos parar para que probáramos las «sustancias» de Chillán, unas esponjas azucaradas que me supieron mal. La única detención que todos disfrutamos fue en el Salto del Laja, donde comimos los sándwiches de jamón huevo que había preparado la nana Juanita y tomamos un helado doble de piña, bañado en chocolate. Los cuatro compartíamos la preferencia por el helado de piña entre los escasos sabores que se ofrecían en esa época.

Por primera vez en la vida estaba frente a una catarata. Le pregunté a Ricardo cuántos metros calculaba que tenía de ancho. Unos cincuenta creía él, lo que me causó cierta desilusión al comparar esa anchura con los casi setecientos metros de la más grande de las cataratas del Niágara. ¿Y de alto? Unos treinta, dijo. Yo había leído que las cataratas Victoria, en África, alcanzaban los ciento diez metros de altura. Se rio de mí al ver mi rostro ensombrecerse. No tenía por qué mirarla en menos, era bonita y era chilena, con eso debía bastarme. Luego llamó a mi madre para decirle que le gustaba que hubiera salido sabelotodo y cejijunto, dos características que según él se correspondían.

Por supuesto que yo iba a cargo de la guía turística y caminera, la famosa *Turistel*. Mi padre me preguntaba hasta por la población y el promedio de lluvia anual de cada ciudad que cruzábamos. Cada interrogatorio remataba con la misma pregunta:

—¿Cuánto falta para llegar al Malleco?

Ni Rancagua, ni San Fernando, ni Curicó, ni Talca, ni Linares, ni Chillán, ni Los Ángeles merecían el título de ciudades sureñas. El río se anunció con la entrada a una empinada cuesta de tierra, mientras Samuel y yo nos agolpábamos sobre la ventana derecha, sin quitar la vista del viaducto ferroviario que cruzaba en lo más alto del cajón. Su reticulado de fierro nos tenía embelesados. Susanna nos contó que el diseño era de Eiffel, pero mi padre insistió en que estaba equivocada. A un costado del viaducto ya se alzaban los gigantescos y toscos pilares cilíndricos de hormigón armado que sostendrían el puente para vehículos. Ricardo dijo que les ahorraría veinte minutos de viaje a los autos y más de una hora a los camiones.

—Llegamos al sur —anunció mi papá, justo al cruzar el pequeño puente en el bajo, aferrado al manubrio con las dos manos, contemplando el cauce del Malleco a lado y lado, despertando en mí una clase de regocijo que pocas veces en la vida provino de una frase dicha por él. Más allá del Malleco comenzaba el sur, un mundo nuevo, un lugar donde regirían nuevas reglas.

Aturdida por el calor, Susanna dormitaba con la cabeza colgando. A veces hacía el intento de salir de la duermevela, pero el monótono rodaje volvía a aturdirla y su cabeza se hundía una vez más en su pecho. Mi padre silbaba una canción de Nicola di Bari. Junto a mí, Samuel iba echado en el asiento con cara de enojo y cada vez que Ricardo se veía atrapado detrás de un camión, lanzaba un bufido. Durante el último año se había abierto una brecha entre mi hermano y yo. Ya no salíamos juntos en bicicleta a dar vueltas por el barrio y el verano anterior había dejado de jugar paletas y de capear olas conmigo. Se había vuelto menos paciente y me pegaba con mayor frecuencia que cuando los dos éramos todavía niños. Le habían salido pelos y su cuerpo crecía con rapidez. De hecho, su rostro dulce había dado paso a una cara más tosca, de pómulos gruesos y frente abultada, al punto de que el celebrado brillo de sus ojos quedó a la sombra de los arcos superciliares. Cada mañana realizaba treinta flexiones, y sus brazos y su pecho se habían hinchado. Cuando se hallaba en movimiento, haciendo cualquier cosa que consumiera su energía física, sus rasgos tendían a atenuarse, pero en minutos de hastío, como ese día en el auto, volvían a hacerse notorios.

El estado de ánimo dentro de la cabina mejoró cuando, pocos kilómetros después de Temuco, nos desviamos hacia la cordillera. Mi madre estaba nuevamente despierta, por las ventanas entraba aire fresco, el sol había quedado a nuestras espaldas y el paisaje se volvía cada vez más verde, con el volcán al fondo, vigilando nuestro avance con una fumarola sobre el cráter. Ricardo sonreía como hacía meses no lo veía hacerlo. El camino serpenteaba junto al río Toltén. A nuestra vista se abrían pozones de un verde abismal y cada tanto resplandecía la blancura de un rápido, de cara al sol poniente. La cinta de asfalto subía a una colina y luego bajaba al puente sobre un riachuelo pedregoso, para enseguida volver a subir y luego a bajar, así hasta la larga pendiente que descendía hacia la ciudad de Villarrica, desde cuya cima el lago se presentaba en toda su amplitud, trescientos cincuenta kilómetros cuadrados de un azul encendido, desplegados a los pies del volcán. Al primer golpe de vista, el lago presentaba un contorno regular, pero a medida que bajábamos me fue posible distinguir bahías, playas y puntillas, las que más adelante se convertirían en marcas de identidad y pertenencia de los territorios ribereños.

—Más allá está Playa Linda —indicó mi padre, apuntando en dirección a la ribera junto al volcán. Ricardo no era un hombre de ademanes reconocibles, ni menos aspavientosos. O quizá yo no me fijaba lo suficiente en él, como sí ponía atención a los movimientos de mi madre y de mi hermano. Me tengo que esforzar para dirigir el recuerdo hacia su persona, pero conservo en mi memoria ese insólito ademán de conquistador que apunta hacia su destino.

Llegamos a Rayentray —«cascada de flores» en mapudungún— a eso de las siete de la tarde. Por los carteles de madera que había visto junto al camino, era costumbre entre los propietarios de esas tierras llamar a sus lugares de veraneo con un nombre de origen mapuche. Me gustó el camino de entrada, adintelado por las copas de dos hileras de cipreses macrocarpa. Estábamos molidos, sudados y polvorientos. Lo primero que hicimos fue caminar hasta la playa para contemplar la vista. Mi padre se llevó las manos a la base de la espalda y pude notar una gran mancha de transpiración en su camisa. Mi madre inclinó la cabeza, como si alguien le estuviera explicando algo que no terminaba de comprender. Samuel miraba a lado y lado, incrédulo quizá de que no hubiera nadie en la extensa franja de arena y piedra volcánica. De pronto yo me eché a correr hacia el muelle que se internaba en el lago. Me acompañó el sonido que mis pisadas arrancaban a las piedras livianas y porosas. No era posible distinguir con nitidez la línea que separaba agua y bosque en la orilla contraria, sumida ya a esa hora en la sombra de los cerros. La única singularidad en el panorama la constituía una isla más cercana, que aún recibía sol, ubicada enfrente de nosotros. Cuando llegué al final del muelle, me giré para saludar con el brazo en alto. Los tres se llevaron una mano a la frente a modo de visera y con la otra respondieron al saludo sin mayor entusiasmo.

Si bien Susanna era celosa de la limpieza y la presentación personales, quiso que fuéramos al hotel Antumalal sin cambiarnos de ropa ni pasar por la ducha. Tenía hambre y ganas de tomar un pisco sour. Que ni se nos ocurriera que iba a cocinar esa noche.

Mis padres habían visitado ese hotel en el verano de 1949, a pocos meses de su inauguración, durante un viaje «de aventura» que habían hecho con un grupo de amigos. Quedaba camino a Pucón, en el lado oriente del lago. Estaba segura de que ahí podríamos comer algo rico.

Las sorpresas que me tenía guardadas el lobby me hicieron olvidar por completo el hambre que tenía. En una de las paredes de piedra se hallaba desplegada en vertical una maqueta de la zona. Gracias a sobre y bajorrelieves hechos con papel maché, se podían distinguir las cuencas glaciales de los lagos Caburgua, Villarrica, Calafquén, Pirihueico y Panguipulli, las cumbres volcánicas   a espaldas del Villarrica se alzaban el Sollipulli, el Lanín, el Quetrupillán y el Choshuenco—, los ríos y riachuelos que hendían cerros y valles, las ciudades, pueblos, caminos, todo coloreado con lo que hoy consideraría un empalagoso pintoresquismo. Esa tarde me pareció tan bello. Luego mi atención se desvió a las fotografías en blanco y negro desplegadas en la otra pared. Ahí estaba la erupción del 1 de enero de 1949 en todo su esplendor —así lo pensé: esplendor—, una gigantesca y densa nube elevándose hacia el cielo, formada por una superposición de volúmenes redondeados de aspecto casi sólido, que hacía parecer diminuto el inmenso volcán que habíamos visto una y otra vez desde el camino. La llamita que me había alarmado al distinguirla en la atenuada luz del atardecer, resultaba ridícula al lado de la explosión captada en la foto. También podían verse los retratos de visitas ilustres, quizás el más llamativo fuera el de los reyes de Inglaterra. Como las llamadas de mi padre no habían servido para arrancarme del ensimismamiento, Susanna vino en mi busca, me tomó de la mano y me contó que ellos habían estado ahí poco tiempo después de la erupción, y que los dueños del hotel los habían llevado a ver la lava. No pudieron acercarse demasiado porque todavía estaba caliente. Quizá qué cara habré puesto, porque mi madre rio por primera vez en el día, con ligereza de ánimo, extendiendo su boca de labios finos como si nos perdonara finalmente por haberla sometido a los trabajos forzados del viaje. Sus ojos negros se achinaron y sus pómulos sobresalieron como dos cumbres brillantes. Se dio media vuelta para regresar y durante el giro, su alto pelo —una ola sesentera que se levantaba de la frente y que iba a caer detrás de la coronilla— se balanceó de un lado a otro amenazando con ceder. La laca con que rociaba su peinado cada mañana y cada tarde había dejado de surtir su efecto paralizante. Nos acogió el gran salón, con su acantilada vista sobre el lago, su enorme chimenea encendida y los hoy ya célebres sillones de cuerdas. Mi padre dijo:

—Estoy feliz aquí con ustedes –y creí notarlo emocionado.

5. Diciembre de 1971

Salimos del hotel a eso de las nueve de la noche. Había refrescado. En la primera curva del camino que nos permitió ver nuevamente el volcán, exclamé:

—¡La llama creció!

—La ves más grande porque está oscureciendo.

—No, papá. Está por lo menos el doble de grande.

—Si lo dice nuestro vulcanólogo...

Al llegar a Playa Linda, mi padre fue a buscar al cuidador. Nolberto vivía en una casa cercana, con su mujer, siete hijos, dos yernos y cuatro nietos. Su familia había sido dueña de esas tierras hasta que había comenzado a vender lotes a mediados de los años cuarenta. Mi recuerdo de su casa son las extensas dos aguas del techo, que sobresalían notoriamente del cuerpo principal. Formaban grandes aleros bajo los cuales se podía capear las incansables lluvias del invierno y los días de calor que el viento puelche traía en verano. También recuerdo las ventanas de un segundo y hasta un tercer piso que se abrían como claraboyas en esas dos largas pendientes cubiertas de planchas de zinc. Del otro lado, Nolberto conservaba cinco hectáreas de su propiedad, donde cultivaba hortalizas y criaba animales.

Nos encontramos con él en la breve escalinata recubierta de piedra de huevillo, tres escalones que salvaban la diferencia de nivel entre el terreno y la primera planta de la casa de mis padrinos, una construcción de pretensiones alpinas que siempre me pareció tan encantadora como fuera de lugar. Por encima de los cipreses del camino de entrada, podía observarse la mitad superior del volcán. Mi madre extendió la mano para saludar al cuidador. Él se llevó las suyas a la parte trasera de los pantalones, las raspó contra la tela basta y manchada, y recién entonces le ofreció su mano derecha.

—¿Cómo ve el volcán, Nolberto? —preguntó mi padre.

—Está igualito que siempre. Lleva tres meses así.

Tenía la piel coriácea, con profundos surcos que le bajaban desde las comisuras de los ojos hasta la mandíbula, salvo dos de ellas que hendían cada una sus mejillas, desentendidas de sus líneas de expresión. A pesar de ser solo un poco más alto que yo, su cuerpo ancho y sus brazos fuertes les conferían veracidad a sus palabras.

—¿Puedo ir a ver la lancha a la casa de botes? —preguntó Samuel.

—Está con la carpa puesta —dijo Nolberto.

—Es mejor que esperes a que llegue tu tío Atilio mañana —Ricardo empleó un tono indulgente con lo que a mí me pareció un deseo insólito, dadas las circunstancias.

—¿Podemos dormir tranquilos? —quiso saber mi madre.

—No hay nah de qué preocuparse. Y si el volcán llega a hacer erupción, las corridas no pasan por aquí.

—¿Cómo que no? —replicó mi padre—. Atilio me contó que el 49 pasó una corrida por Tunquelén, aquí al lado, y se llevó a una familia completa. Y también pasó otra por el río Huichatío, que no está a más de trescientos metros. Me fijé en el socavón cuando cruzamos el puente.

44

—Ah, bueno —dijo Nolberto bromeando—, pero por donde mismito estamos no pasan.

Hasta que puse la cabeza en la almohada, insistí en que la llama continuaba creciendo. Mi madre no logró quedarse dormida. A las once y media de la noche fue al baño para ver el volcán —solo desde ahí era posible hacerlo en ese segundo piso volcado hacia el lago—, y se encontró con que la erupción desbordaba el pequeño recuadro de la ventana. Dos enormes lenguas incandescentes se elevaban hacia lo alto y los costados, ¿a mil, dos mil metros de altura sobre el cráter?, una red de hilos al rojo vivo se entretejía en la nieve, un hongo de las mismas proporciones ciclópeas que había visto en la fotografía del hotel se había formado en el cielo.

Nos vestimos con la misma ropa del viaje y en menos de diez minutos estábamos los cuatro arriba del auto, con las maletas que no habíamos vaciado, rumbo a Villarrica. Por conversaciones con mi padrino, Ricardo sabía que la ciudad nunca había sido alcanzada por una corrida. Avanzábamos en silencio, en medio de la noche incendiada. Y ese niño miedoso y llorón que era yo, sin embargo, estaba fascinado con aquel trastorno, feliz de haberlo anunciado, como si se tratara de un hallazgo milagroso y no de que nuestras vidas corrieran peligro.

—Cuando los deje en Villarrica, voy a volver a buscar a Nolberto y su familia.

Mi madre cambió el rostro.

—¿Dónde vas a dejarnos? Son demasiados, no caben en el auto.

Al oírla, pensé que lo lógico habría sido que la idea del rescate hubiera nacido de ella, de su ánimo constante de ayudar a los demás. Era evidente que tendría que plegarse al plan de Ricardo.

—Atilio me dijo que en caso de que tuviéramos cualquier inconveniente hablara con Celso Chahuán. Es dueño de un emporio. Pueden quedarse en su casa.

No fue difícil dar con la dirección. Ocupaba el segundo piso de la tienda, uno de los tres principales comercios de esa ciudad de apenas quince mil habitantes. A nuestros timbrazos acudió una de sus hijas, abrigada con una bata de color calipso. Su padre no estaba en la casa. Había ido a jugar telefunken con unos amigos. ¿Nos podía ayudar en algo? Recién entonces la mujer de piel olivácea levantó sus grandes ojos oscuros hacia el resplandor que dominaba el cielo. Con la voz de pronto cargada de urgencia, nos invitó a pasar.

—¿Tiene tu padre una camioneta?

La mujer asintió con firmeza.

—Con la que va a hacer las compras a Temuco y a Santiago.

Ricardo le pidió indicaciones para llegar al lugar donde se reunía con sus amigos. Mi madre no quiso que nos quedáramos donde los Chahuán hasta saber qué haría mi papá. Llegamos hasta una casa de dos pisos, con fachada de madera tinglada y techo de tejuelas. Nos tomó un rato que alguien acudiera a la puerta. Bajo la débil luz del portal —un pequeño voladizo a dos aguas—, primero vimos asomarse un hombre panzudo, en camiseta, pantalón y suspensores, y después a otro, calvo y más delgado, que supusimos sería Celso Chahuán. Al momento de cruzar el umbral, venía poniéndose la chaqueta. En cuanto lo vio, Susanna se bajó del auto y nosotros fuimos a la siga. Todavía recuerdo las primeras palabras de Chahuán. Las dijo con una simpatía inesperada para provenir de un desconocido al que se le interrumpe en medio de la noche, durante una partida de cartas.

—Mi amigo Atilio me dijo que te tratara como si fueras su hermano, así que eres como hermano de amigo mío.

Le dio unas palmadas en el hombro a mi padre y, al ver a Susanna venir, inclinó la cabeza y le extendió una mano de dedos asombrosamente gruesos, como si le infundiera temor por el solo hecho de ser mujer.

—¿En qué puedo ayudarlos? ¿Vienen recién llegando? ¡Es muy tarde!

Hablaba enfáticamente, con la voz raspándole en la garganta. Creí distinguir un acento árabe en su esfuerzo por redondear las palabras, la lengua atrapada en las eses y las erres. Gesticulaba con las manos, el pulgar, el índice y el dedo corazón extendidos, como si con ellos dirigiera su voz esforzada. Dominaban su rostro dos ojos cafés de expresión bondadosa, una nariz ancha y deforme, un grueso bigote encanecido.

—Quiero que me prestes tu camioneta para ir a buscar a los cuidadores de Atilio.

—¿Por qué quieres ir a buscarlos?

Los cuatro apuntamos hacia el hongo de la erupción. Desde ahí se veía menos amenazante que desde el camino.

—Ah, chucha —dijo Celso, y se disculpó de inmediato, bajando la vista ante Susanna—. Voy a despedirme y te acompaño.

Chahuán entró a la casa y mi madre miró a Ricardo con severidad.

—Ese hombre está borracho. No puedes dejar que maneje.

—Voy a manejar yo. Toma el auto y ándate con los niños al emporio.

—Desde ahí no se ve el volcán —protesté.

—¿Para qué quieres ver el volcán? —preguntó Samuel.

Abrí los brazos al tiempo que lanzaba un soplido a través de los dientes, simulando una explosión. Susanna se estremeció y se abrazó a mi padre. Creí que le iba a pedir que no fuera, pero solo la vi temblar apegada a él. Celso salió con el sombrero de fieltro encasquetado y las llaves en las manos. Una gran camioneta amarilla, con el cobertizo trasero de color blanco, ocupaba casi la mitad del ancho de la calle.

—Yo manejo —dijo mi padre, abriendo la palma de su mano.

—Por ningún motivo, tú eres mi invitado.

Mi madre intervino:

—Usted no puede manejar. Está con unos tragos de más.

—Claro que puedo. Nadie más que yo puede con esta camioneta. ¡Es muy chúcara! Si maneja su marido, nos matamos.

Lo rotundo de sus palabras, moldeadas con esa voz de caldera, solo hizo que mi efervescencia aumentara. Susanna nos tomó a Samuel y a mí de las manos y nos llevó hasta la camioneta.

—Entonces nos matamos todos.

Mi padre le preguntó con la mirada qué estaba haciendo y ella pidió que nos abrieran la puerta.

—Si Celso insiste en manejar —agregó—, vamos con ustedes. Los cinco cabemos en la cabina delantera.

El tercer recorrido de los doce kilómetros de camino sinuoso que nos separaban de Playa Linda ha sido la aventura más excitante de mi vida. Yo iba sentado en la falda de mi madre. A cada tanto nos enfrentábamos a esa visión que se hacía más grandiosa con las horas. Los rayos se hundían en las nubes negras y a veces las perfilaban como si desplegaran la redecilla de un velo sobre un rostro de piedra. El espectáculo me hizo olvidar que mientras cruzábamos cada uno de los esteros que bajaban desde el volcán podíamos ser arrastrados por una corrida. O que una vez dentro de la zona de peligro, podíamos quedar aislados quizá durante cuánto tiempo.

La cabina se llenó del olor a humo de chimenea que despedía la chaqueta de Chahuán y también de su aliento alcohólico. La camioneta corcoveaba y él sabía girar el manubrio justo a tiempo para no salirnos del asfalto. Tampoco el manejo de la caja de cambios en las pendientes resultaba sencillo. Yo habría querido escuchar el ronquido de la tierra, pero el motor nos mantenía aislados de los ruidos de la noche. Nadie más que Chahuán hablaba. Nos contó de sus años de boxeador, antes de llegar a Villarrica, con esa voz a la vez rugiente y afónica. Ahora me explicaba el tamaño de sus manos, la nariz deforme, las cicatrices en la cara. Los anteojos de Ricardo se encendían con cada aparición del volcán y el rostro de mi madre se veía aun más oscuro de lo que ya era.

—¡Hay gente sobre el puente del Huichatío! —exclamó mi padre, indicando hacia adelante—. ¡Es Nolberto!

Celso disminuyó la velocidad.

—Son puros hombres —dijo mi madre.

—No, no te pares aquí, más allá, Celso, no tan cerca del puente. Si oyen una corrida, tenemos que subir hasta la curva alta que hay antes de Rayentray.

Ricardo nos miró a cada uno a los ojos antes de bajarse con Chahuán por el lado del conductor. Llamaron a Nolberto para que viniera. Desde donde estábamos no se veía el volcán, pero el lago en calma despedía un reflejo herrumbroso. Me tomó un minuto o dos —lo mismo que les tomó a Nolberto y a uno de sus hijos llegar hasta nosotros— volver a percibir el fragor lejano de la erupción.

—¿Qué hacen parados ahí? —quiso saber mi padre.

—Estamos defendiendo nuestras tierras del volcán. Así lo hacían también nuestros antiguos. Hace un rato pasó una corrida cerca, seguramente por el Correntoso, un par de ríos más allá. Fue bueno que viniéramos al puente, el volcán eligió otro camino.

Mi padre se llevó las manos a la cintura.

—Venimos a buscarlos. Si se quedan aquí, corren demasiado peligro —su voz más clara pero más determinada que la de Chahuán reventaba de impaciencia.

Nolberto negó con la cabeza.

—Los hombres nos quedamos. Si quieren, pueden llevarse a las mujeres y a los niños.

El hijo que estaba a su lado no tenía más edad que Samuel. Mi madre se bajó y fue hasta ellos.

—Ninguno de ustedes va a quedarse en este lugar con mi consentimiento. ¡El volcán no respeta a nadie!

Nolberto no respondió, ni tampoco su expresión se alteró en forma alguna. Se quedó mirándola y luego de unos segundos se dio la vuelta para regresar al puente junto a su hijo.

Cuando pasamos de regreso, con siete personas dentro de la cabina trasera, miré hacia atrás para ver cómo la mujer, las hijas y los niños se despedían de sus familiares. No hicieron gesto alguno, tampoco gritaron, solo fijaron la vista en las ventanas. No supe si su perplejidad nacía del miedo que habían tenido de morir aplastados por una corrida o del temor que nosotros los estuviéramos sacando de su hogar poco menos que por obligación.

Con sus luces encendidas, la casa de los Chahuán descollaba en medio de la noche. Ni bien nos estacionamos, salieron a la calle las que supuse serían la dueña de casa y sus dos hijas. La señora gritó que Yamil no había vuelto. Él la calmó al bajarse. El que estaba más seguro de todos era su hijo Yamil. Se había ido de parranda a Temuco y no iba a volver hasta el otro día. Nos fuimos bajando uno a uno mientras Chahuán forcejeaba con las compuertas que se abrían en la parte trasera, una hacia arriba y otra hacia abajo. Entonces mi madre dio un giro rápido de cabeza y le dijo a mi papá:

—Vámonos a Temuco.

Chahuán la oyó.

—¿Por qué mejor no se quedan con nosotros? Aquí van a estar cómodos y no les va a pasar nada.

Agitó sus dedotes en el aire, golpeando el índice contra el dedo corazón para ordenarle a la hija que nos había recibido que fuera a preparar las camas de la pieza de invitados. Mi padre y mi madre continuaron hablando en voz baja. Chahuán les abrió paso a las mujeres y a los niños. La ubertosa dueña de casa abrazó llena de cariño a cada uno de ellos al entrar.

—Nos vamos, Celso —dijo Ricardo, mientras Susanna se despedía de los demás.

—Mi compadre Atilio no me lo va a perdonar.

Caminamos a paso rápido hasta el auto. Había quedado a tres cuadras de ahí. En los portales y ventanas, la gente se asomaba a la desapacible noche en ropa de dormir.

Temuco quedaba a una hora de viaje. La última imagen que conservo del volcán es al hundirnos detrás de una loma. Por el vidrio trasero del auto, podía ver nada más que la cima al rojo vivo, enmarcada por las negras diagonales de los taludes que flanqueaban el camino; el hongo en lo alto adquiría una cara tras otra por efecto de los rayos y relámpagos, mientras las lenguas incandescentes se mantenían estáticas, bidimensionales, como si fueran fruto de la imaginación de un niño.

6. Enero de 1972

Mis padrinos nos despidieron en el amplio estacionamiento que había detrás de la casa. Estaba hecho de arena volcánica compactada, traída de los depósitos dejados por viejas corridas en los esteros cercanos. Después de terminada la erupción, que había durado solo un día, habíamos pasado dos semanas ahí.

—Chao, vulcanólogo —gritó mi madrina con una risotada dulce, agitando las dos manos en alto, corriendo detrás del auto con el delantal de cocina atado a la cintura y el pelo impecablemente escarmenado, mientras mi padre aceleraba hacia el camino de cipreses, como si estuviera feliz de dejar atrás el letargo vacacional y continuar el viaje.

En la escarpada costa norte del lago Calafquén, por donde avanzaba el camino que iba desde Licán Ray hasta Coñaripe, nos encontramos con dos corridas. En una de ellas vi la lava por primera vez. Había llegado hasta unos doscientos metros de la ribera. Según mi padre, ese muro negro de ígneos destellos cavernosos, de apariencia absolutamente sólida, de unos tres o cuatro metros de altura y unas dos cuadras de ancho, seguiría avanzando a una velocidad imperceptible durante meses, quizás años.

Almorzamos en las termas de Liquiñe y por la tarde visitamos Puerto Fuy, en la cabecera del lago Pirihueico. En su viaje «de aventura», mis padres se habían embarcado ahí en un ferry para llegar a Argentina y tenían un recuerdo romántico del cruce. El anochecer nos sorprendió en el pueblo de Choshuenco. Ricardo no quiso arriesgarse a manejar sin luz natural los cincuenta kilómetros del camino de tierra que bordeaba el próximo lago, el Panguipulli, para llegar a Lanco, la ciudad más cercana. Choshuenco era poco más que un caserío. Mi madre le preguntó a un hombre, que se hallaba sentado en una piedra fumando un cigarro, dónde podrían alojarnos. Sin decir palabra, el tipo alzó la vista hacia una casa completamente recubierta de tejuelas de alerce, agrisadas por la lluvia y el sol. A la puerta se accedía subiendo dos peldaños hechos con tablones, apoyados sobre fragmentos de troncos. La compulsión de mi madre por la limpieza no calzaba con la posibilidad de que durmiéramos ahí. Nos recibió la señora Irene. Tenía rasgos mapuches, la cara llena y los ojos pequeños, el pelo negro con vetas grises tomado en un apretado moño tomate. Llevaba un chaleco delgado sobre la ropa descolorida. Una ampolleta desnuda en el centro del cuarto principal le daba a las paredes un pálido tono amarillento. Había una cocina a leña encendida, una mesa de comedor con mantel de hule y un par de banquetas a los costados. Olía a comida recién hecha. Mi madre quiso ver las piezas donde dormiríamos. Eran dos, en la parte alta de la casa, con un baño en medio. En ciertos rincones, la pendiente del techo la obligó a doblarse para caminar alrededor de las camas. El suelo crujía bajo sus pies. Levantó las pesadas frazadas de lana cruda, revisó las sábanas, fue hasta el baño y al salir sentenció que estaba impecable. Fue el santo y seña para que subiéramos las maletas. Bajamos a comer enseguida. La señora Irene nos sirvió cazuela de cordero, ensalada chilena, pan amasado y mantequilla. Luego se sentó con nosotros a la mesa.

Comentamos la erupción del volcán. Se había visto en plenitud desde ahí. Ese pueblito estaba rodeado de lagos y también tenía un volcán cerca. A los quince años, a la señora Irene le había tocado la erupción del Choshuenco. Había sido larga, tres o cuatro meses, cada cierto tiempo caía ceniza sobre el pueblo y lo cubría todo, aunque no hubo corridas. Para salir, tenía que amarrarse un pañuelo que le tapara la nariz y la boca, como los cowboys de la tele. Mi padre se sirvió cazuela por segunda vez y un vaso de vino Planella. Comía más rápido que nadie que yo hubiera conocido. No es una exageración decir que se tragaba la comida.

—¿Y usted está sola, Irene?

Me extrañó que hiciera una pregunta personal. No era dado a interesarse en la vida de los demás, menos de gente que no volvería a ver. Y le molestaba cuando alguien iba soltando intimidades por ahí; decía que era mercancía barata para crear confianzas pasajeras.

—Mi hijo trabaja en una maderera. Esta semana subió a la tala de un bosque. De repente aparece por aquí, pero es bien arisco.

—¿Y marido?

—Pa' lo que sirven.

Ricardo rio con ganas. En los ojos de mi madre asomó una expresión de alegría. Secretamente debió de celebrar que se mostrara amistoso.

—Ay, Irene, me lo viene a decir a mí, que no sirvo para mucho más que para manejar el auto.

La dueña de casa se sirvió un vaso de vino. Su gesto huraño se había desvanecido.

—Hay harto hombre suelto por aquí, pero son todos reporfiados. En invierno empiezan a tomar a las cinco. Y el pueblo es tan chico que les conozco las yayas a todos. ¿Qué le vamos a hacer? Tenemos

54

tres calles no más. Lo que nadie puede negar es que Choshuenco tiene una pensión digna.

Mi padre brindó por eso.

—Muy bien. Que no se aprovechen de usted, mire que a esta casa no le falta nada y un hombre vago le sobraría.

Su llaneza me pareció tan diferente a la hosquedad de Santiago. Pudo ser, pienso hoy, que la simplicidad con que la señora Irene tenía resuelta su vida lo hiciera sentir menos agobiado por la tarea de imaginar un futuro para él.

Nuestra complicidad crecía en esos lugares apartados, como si mientras más distantes nos encontráramos de la vida que mis padres habían creado para la familia, mejor pudiéramos llevarnos Ricardo y yo. Me consultaba cuántos kilómetros faltaban para el próximo pueblo, qué tipo de cubierta —tierra, ripio, asfalto o pavimento— tendría el siguiente camino que debíamos tomar, si era un camino llano o en cuesta. Esas preguntas eran para mí lo más próximo al recuerdo que otros tienen del día en que su padre les enseñó a andar en bicicleta o a prender el fuego en un camping. Quería saber todo lo que yo pudiera extraer del estudio del mapa rutero, nombres de lagos y lagunas, pueblos y ciudades, cerros y cadenas montañosas. Ya se había aprendido el nombre de los volcanes a la vista y sus alturas también. Los dos éramos igual de memoriones. Los ríos constituían su principal fascinación. Cada vez que cruzábamos sobre un torrente caudaloso, disminuía la velocidad y miraba primero corriente arriba y luego corriente abajo, tal como había hecho en el Malleco, como si siguiera la trayectoria de un bote que flotara en el agua. Y luego me preguntaba por el nombre del río, a qué río principal iba a desembocar, de dónde provenía.

Todos los ríos de esa región iban convergiendo hacia el Valdivia, que se formaba justo a los pies de la ciudad del mismo nombre hacia donde nos dirigíamos también nosotros.

Ricardo mantenía viva su complicidad con Samuel. Estaba seguro de que cuando grande iba a ser, al igual que él, un hombre de fierros. Al llegar a una estación de servicio, le pedía que echara la bencina y revisara el aceite, el agua y el aire de los neumáticos. Les gustaba hablar de modelos de autos, tipos de motores, cilindradas, llantas, levas y caballos de fuerza. Para tener un motor de solo 1600 cc, con cuatro cilindros en línea, el Fiat 125 era casi un milagro. Mi madre había comenzado a protestar desde que los caminos dejaron de ser de pavimento. Según ella, el viaje habría sido más cómodo en el viejo Peugeot. El Fiat «corría» más, pero los riñones se le habían subido a la garganta. Mi hermano asomaba la cabeza en medio de las butacas delanteras para rebatirla. Al tener el Fiat una amortiguación más corta, el viaje en caminos como esos resultaba menos peligroso. Si hubiéramos venido en el Peugeot 404, en las curvas con calamina, a la mitad de velocidad nos habríamos dado vuelta. Mi padre sonreía al oír estas explicaciones, mientras yo era presa del aburrimiento por la uniformidad del lago Panguipulli bajo el sol del mediodía, un mar estrecho e invariable, sin bahías mansas que reflejaran el bosque.

En Lanco abandonamos el ripio y celebramos la suavidad del pavimento. Llegado un punto, el camino se convirtió en una plataforma que cruzaba grandes extensiones de agua, con restos de vegetación y troncos blanquecinos aflorando a la superficie. Mi padre nos explicó que para el terremoto de 1960 toda esa tierra se había hundido y luego inundado. Lo que parecían lagunas apacibles, pobladas de taguas, cisnes y patos, eran resultado del más grande terremoto jamás medido en el mundo, ocurrido hacía solo once años y ocho meses, el 22 de mayo de 1960. Yo no lo sabía aún, pero con la llegada a Valdivia, el viaje para mí se convertiría en la pesquisa de los desarreglos que había ocasionado ese cataclismo, en el recorrido de una tierra desfigurada por la catástrofe, con el magma de la erupción todavía recorriendo mis venas.

Ricardo soñaba con volver a esa ciudad rodeada de agua. Nos alojaríamos en el hotel Pedro de Valdivia, junto al río Calle-Calle, una construcción con el piso principal enchapado en piedra y el resto del edificio estucado y pintado de un rosa desvaído. Al abrir los visillos de la habitación del quinto piso podía verse la curva del río, al final de la cual se unía con el Cruces para formar el Valdivia, una suerte de estuario, una solemne reunión de grandes avenidas de agua que llegaba hasta el mar. Sugestionado con la historia del hundimiento de los llanos interiores, yo pensaba que todo ese paisaje había cambiado y que ya nada quedaba de su anterior geografía.

Esa noche comimos en el hotel. A mi madre le molestó que solo ofrecieran menú fijo. Insistió en que no quería comer cazuela de nuevo, así que le trajeron un plato de arroz con rodajas de tomate. En el comedor había un gran mural que representaba la fundación de la ciudad. En él se podía ver a Pedro de Valdivia cubierto con una armadura reluciente, acompañado de un caballo blanco y un banderón con los emblemas de España. Lo acompañaban españoles y aborígenes —de pueblos de más al norte, supuse—, mientras del otro lado del río lo observaban dos nativos apoyados en sus lanzas. En pleno verano, sobre el piso ajedrezado y bajo las vigas del cielo a gran altura, solo cuatro de las mesas de ese comedor inmenso estaban ocupadas. O tal vez mi desmedida percepción del espacio se debiera a que aún conservaba la mirada de un niño. Mi madre comentó que con los malos caminos el viaje estaba volviéndosele agotador. Temí que nos obligara a regresar a Santiago. Ricardo le acarició una mano y la miró con ternura.

—Ya estamos en Valdivia. Vamos a descansar durante tres días. Nada de caminos malos. Solo andaremos en barco.

A los pies del hotel nos subiríamos a una de las pequeñas embarcaciones que hacían el recorrido por los fuertes españoles de Niebla, Mancera y Corral.

—A veces me pregunto qué hacemos aquí —el eco del salón hizo resonar la voz de mi madre.

Ricardo ya se había tragado su cazuela, y después de chupar el hueso de la carne, se limpió las manos y la boca a toda velocidad para darle una respuesta.

—Queremos que los niños conozcan el sur. ¿O no? —lo dijo alargando las palabras, dando a entender que era una frase repetida de anteriores discusiones.

Susanna cerró un ojo y arriscó la comisura de sus labios para descartar el argumento de plano. Mi padre se quedó mirándola y concedió el punto con una leve inclinación de cabeza.

—Tienes razón, estamos aquí porque no tengo nada mejor que hacer en Santiago. Y de yapa, los niños pueden conocer el sur.

Yo pensaba que debíamos seguir viajando para siempre, entre erupciones y zonas devastadas, los cuatro juntos en una aventura continua, necesitándonos mutuamente, descubriendo lugares ignotos, haciéndonos compañía.

Comimos el postre en silencio: compota de manzana con un palito de canela. Ricardo le pidió al mozo dos copas de oporto. Lo hizo con una sonrisa de complicidad, como si estuviera contento de aceptar el emplazamiento de Susanna. El mozo le aclaró que de bajativo solo tenían licor de manzanilla.

—Con eso vamos a estar bien —dijo mi padre.

Se había reclinado en la silla y tenía las manos entrelazadas sobre la panza. Miraba a mi madre con humildad, con resignación, con una actitud dialogante inusual en él. Nos pidió que nos fuéramos a acostar. Me acerqué a despedirme. Casi nunca me tocaba. El único contacto diario en Santiago era la obligación de darle un beso en la mejilla al momento de irnos a dormir. Una vez a su lado, me abrazó y me besó con fuerza, dejando escapar un crujido de ternura.

En la anchura que adquiría el río Valdivia frente al puerto de Corral, sobresalía parte de un barco encallado. Se llamaba *Canelos*. Un guía turístico de voz pequeña nos había contado a través de los parlantes que las tres embestidas del mar habían alcanzado ocho, diez y veinte metros de altura, hundiendo barcos, arrasando el puerto y la fundición. Si uno miraba alrededor, lo que se había construido cerca de la costa eran nada más que galpones provisorios y un muelle con cubierta de durmientes. El antiguo muelle mecanizado que le había traído fama al puerto, junto a las demás instalaciones, habían sido destruidos en poco menos de una hora. Descendimos del barquito y de pie sobre el muelle intenté imaginar el maremoto avanzando hacia mí. En ese tiempo aún creía que los veinte metros llegaban a la costa convertidos en una ola. Tuve que esperar hasta el maremoto de Chile de 2010 y de Japón de 2011 para comprender que, al principio, el agua llegaba tímida hasta la orilla, y después seguía afluyendo, como un río que se crece, cada vez más bravo, sumando altura durante un largo rato, hasta alcanzar su máximo nivel de inundación. Así también fue la forma en que la enfermedad arrasó con mi padre. Así también fue como el odio creció en Chile. Con el viento en el rostro, pensé en la incredulidad de la gente ante la retirada del mar, en que nadie debió de prever que al regresar llegaría a subir tanto y con tanto encono. Los vi huir hacia los cerros, algunos incapaces de escapar al avance del agua negra, otros reunidos aquí y allá en grupos, viendo cómo sus casas eran arrancadas de cuajo y convertidas en una corriente de escombros.

En la tarde del cuarto día, salimos de nuevo hacia el interior. Llovía. Haríamos una última parada en el extremo occidental del lago Riñihue. Un camino de ripio entraba desde la ciudad de Los Lagos hasta Pancul, para luego convertirse en poco más que una huella de tierra hasta alcanzar la nueva hostería Riñimapu. Estaba llena de baches y el agua acumulada impedía distinguir los superficiales de los más profundos. Para evitar que se rompiera la amortiguación o que alguna piedra filosa reventara un neumático, en algunos tramos tuvimos que avanzar a no más de diez kilómetros por hora. El rostro de mi madre se iba desfigurando y su cabeza se bamboleaba con cada golpe que nos remecía. A la llegada, ya de noche, apenas disimulaba su irritación.

Un par de ampolletas desnudas alumbraban la entrada. La recepcionista se veía solitaria detrás de su escritorio. Nadie vino a buscar nuestro equipaje. En comparación con los del hotel Pedro de Valdivia, los cielos corrían rasos a baja altura y, dado que no había alfombra, en los corredores resonaban las pisadas entre las paredes desnudas. Mi madre hizo su chequeo habitual de la habitación. Se encontró con que el receptáculo de la ducha estaba hecho de cemento sin revestir y el piso se hallaba cubierto de polvillo blanco. Le preguntó a la señorita si es que no habían hecho aseo. La mujer pidió disculpas entornando los párpados. La hostería estaba recién terminada y por mucho que limpiaran, después de un rato volvía a posarse una capa de polvo.

—Yo no duermo aquí. Prefiero dormir en el auto.

Mi padre no tuvo ninguna reacción visible. Solo la observaba con atención. Enseguida Susanna se sentó en la cama y se puso a llorar.

—No sirvo para un viaje así. No me gusta que me lleven y me traigan como si fuera un saco de papas. ¡No quiero que me zarandeen más!

—¿Nos podría dejar solos? —le pidió Ricardo a la recepcionista.

Le bastó un ademán de cabeza para darnos a entender que teníamos que irnos a nuestro cuarto. No sé si ellos habrán comido esa noche, pero Samuel y yo logramos que la señorita nos preparara unos sándwiches de jamón con queso y nos diera a cada uno un vaso de jugo de manzana.

El tono de la convivencia cambió al desayuno. Las ojeras de mi madre retrocedieron ante la bucólica vista al lago que teníamos desde el comedor. Los sillones de madera, tapizados con piel de vaca, junto a las alfombras de greca mapuche, volvían acogedor al lugar. Un mozo nos trajo jugo de naranja, pan amasado, mantequilla fresca, palta molida y un kuchen de manzana entero para nosotros. Éramos los únicos pasajeros.

Apenas terminamos, salí. La hostería se hallaba junto al nacimiento del río San Pedro. El lago tenía un leve tinte grisáceo, pero una vez en el río, el agua adquiría mayor brillo, quizá debido a la velocidad que tomaba dentro del cauce.

Mi madre, mi padre y Samuel se reunieron conmigo en la orilla. En la barra asomaban algunas rocas, acusando con su quietud el avance del agua, ya lanzada pendiente abajo. Susanna llevaba puesto un twinset de hilo color durazno, una falda sencilla y zapatos de taco bajo, con una franja de cuero en torno al empeine.

—¿Conocen la historia de este lugar?

Le pidió a Ricardo que la contara. El matiz alegre de su voz solo era posible después de una reconciliación plena. Estaban recurriendo a uno de sus ritos para celebrarla: mi madre evocaba un recuerdo y mi padre lo relataba.

A causa del terremoto, se habían producido tres derrumbes que bloquearon el cajón del río San Pedro. El más grande tenía veinticinco metros de altura y un kilómetro de largo. El nivel del agua había comenzado a subir rápidamente. Siete lagos desaguaban a través de ese río, entre ellos todos los que habíamos recorrido desde el Calafquén hasta el mismo Riñihue. Era fines de otoño y llovía mucho. El mayor peligro era que el taco principal cediera y ocasionara un aluvión que arrasara todo río abajo, incluidas las ciudades de Los Lagos y Valdivia.

Cuando el gobierno se dio cuenta de lo que podía ocurrir, le pidió a Endesa que liderara la obra de ingeniería, una empresa hidroeléctrica estatal que trabajaría con la ayuda de la Corporación de Fomento y el Ejército. Había que evitar el desastre a toda costa. Samuel y yo teníamos que imaginarnos que en Valdivia la mayoría de la gente había perdido sus casas y estaban con sus muertos recién enterrados. Según Ricardo, nosotros habíamos conocido a la persona que quedó al mando de la obra,

Raúl Sáez, un hombre medio calvo, con pelo blanco en las sienes y en la nuca, bajito, con cara de sapo. ¿No nos acordábamos? Bueno, no importaba. Para llegar hasta ahí con maquinaria, operarios, galpones, materiales, tuvieron que abrir camino a través del monte. El plan había consistido en rebajar la altura del tapón principal y abrir un canal por el costado. Si el agua rebasaba el taco, se iría todo de golpe, como una corrida volcánica, pero miles de veces más potente.

Mientras tanto, yo veía la fuerza que tomaba el agua una vez encauzada y me imaginaba esa misma energía contenida durante meses. Llegué a temblar de la excitación que me producía la historia. Ricardo me contaba por primera vez en la vida algo que yo había deseado escuchar desde antes de haber oído hablar de ello y que quería seguir escuchando cuando fuera viejo. Me relataba un acontecimiento esencial, algo que me identificaba. Lo veo indicando ya sea el lago, ya sea el río, con movimientos amplios de sus brazos, vestido con una camisa con corte de guayabera y pantalones café, firme sobre ese pasto recién plantado que avanzaba hasta la orilla misma, como si quisiera continuar creciendo dentro del agua.

El lago Riñihue había llegado a subir diecisiete metros de altura, y el Calafquén y el Panguipulli, que estaban bastante al norte de ahí, alrededor de siete metros cada uno. Todo lo que nos rodeaba se había inundado. Debíamos imaginar cómo sería el paisaje si estuviera bajo esa cantidad de agua. Levanté la vista. En un árbol seco que se alcanzaba a ver desde donde estábamos, había clavada al tronco una tabla en sentido horizontal. Se la señalé. Ricardo le preguntó a un jardinero que trabajaba en un macizo de hortensias junto a la hostería si sabía por qué estaba ahí esa tabla. El jardinero se enderezó con un quejido y con el acento cantarín de los sureños nos dijo que hasta ahí había llegado el agua para el Riñihuazo. Así había llamado todo el mundo a ese inminente desastre. Un documental que vi muchos años más tarde muestra cómo el agua había comenzado a escurrir con dificultad a través del canal hasta que terminó por abrirse camino. Todo se inundó río abajo, sin embargo, la gigantesca fuerza acumulada no llegó a arrasar las ciudades. En Valdivia el río fue cubriendo poco a poco las calles, hasta alcanzar medio metro de altura, como una crecida, pero no como un aluvión.

Di un par de pasos y abracé a mi padre por un costado de la cintura. Recuerdo haber sentido que ese era el papá que quería tener. Puso su mano en mi hombro y nos quedamos mirando el avance del agua. En mi cabeza se agolpaban las imágenes y aún hoy esta historia me resuena como un acto heroico en medio de las peores condiciones imaginables, una epopeya cargada de presagios y metáforas.

Cuarenta y cinco años más tarde, mientras me acuerdo, pienso que Ricardo quería transmitirnos que ese logro de la ingeniería era también suyo. Constituía un triunfo de los hombres fuertes de su generación, quizás el único en medio de la secuencia de desastres naturales y políticos que les tocó vivir.

7. Agosto de 1996

Después de darle vueltas a la idea de construir una tumba para Ricardo durante tres años, mi madre se atrevió a dar el primer paso. Buscaría un terreno en el Cementerio General. Me pregunto por qué prefirió ese lugar, que en los años noventa muchos consideraban lúgubre y «moribundo», sobre todo al compararlo con el despampanante Parque del Recuerdo, un cementerio con tumbas construidas bajo grandes extensiones de pasto, flanqueadas por avenidas de tulíperos y castaños, con perspectivas que iban a dar a la copa de un arquitectónico cedro azulado. Susanna era amante de los jardines y habría sido razonable que se hubiera decidido por esa nueva concepción de necrópolis. Puedo aventurar algunos de sus motivos para no hacerlo. El primero sería que uno de sus tíos maternos dedicó su vida a la escultura funeraria y llegó a esculpir en mármol un número importante de figuras, la mayoría para el Cementerio Nº 1 de Valparaíso. También hacía cruces, guirnaldas y coronaciones. El segundo, que la familia Magli tenía una tumba en el Cementerio General, donde estaban enterrados sus padres. Si mantenía los restos de Ricardo dentro del mismo recinto, no tendría que ir a dos cementerios cada vez que quisiera visitar a sus muertos. Yo la acompañé una vez a dejarles flores a mis abuelos. En la parte más alta de una mole de cemento que sobresalía un metro y medio del suelo, había una escultura de mármol, hecha por su tío, un niño espigado que se llevaba una mano a la espalda para sacar una flecha de su carcaj, mientras con la otra sostenía un arco a la altura de su cadera. Se me escapó la metáfora mortuoria o salvífica de la escultura, pero tenía una gentileza y un porte que atrapaban la mirada y teñían de juventud ese vetusto lugar. El tercero de sus motivos pudo haber sido que según las tradiciones de su generación, de ser posible, debía honrarse a los muertos en un lugar creado especialmente para ellos y no contentarse con una lápida más, indiferenciable entre las tantas desplegadas en un muro o en un prado verde.

Había también otras razones para construir una tumba. Los años seguían pasando para ella y no tenía derecho a un nicho en el Mausoleo Italiano. Tampoco sus restos cabrían en la mole de los Magli, que estaba a rebosar de huesos. Y quería que nosotros, sus hijos, tuviéramos un lugar en caso de necesitarlo. Pensó especialmente en mí. Durante un almuerzo, me dijo:

—Como usted no va a tener familia, ahí tendrá su lugar para que lo entierren.

Ella se sentía magnánima y precavida ofreciéndome un sitio donde pudieran ir a parar mis restos, deseaba que supiera que en esa última hora no podrían desterrarme ni apartarme de su amparo. Y se lo agradezco, aunque se haya equivocado acerca del futuro que me esperaba.

Una última consideración fue que, al encomendarle el proyecto, podría recomponer el amor propio de su hermano Ignacio, debilitado a causa del olvido que había sufrido como profesional. Nuestra casa de Vitacura fue su primer encargo y siempre agradeció la confianza que mi padre tuvo en él. Esa construcción modernista le sirvió de modelo para entusiasmar a numerosos clientes, al punto de convertirse en un reconocido arquitecto de casas familiares. Lo mismo ocurrió con el mundo industrial, a principios de los sesenta, después de que construyera la nueva planta de Comper. Y aun cuando su oficina se fue llenando de proyectistas, maquetas, rollos de papel diamante y un fuerte olor a tinta china, no quiso dejar su cargo como profesor de la Escuela de Arquitectura de la Universidad Católica. Su amor por la profesión, su rigor académico, sus simpatías democratacristianas y su cercanía con Jaime Castillo Velasco, el arquitecto que llegó a ser rector de la universidad luego de las protestas estudiantiles del 67, terminaron por convertirlo en el primer decano elegido por sus pares, cargo que ejerció hasta que sobrevino el Golpe. Luego de la intervención de las universidades, los militares lo destituyeron y continuaron hostigándolo hasta sacarlo de las aulas. De ahí en adelante los encargos arquitectónicos comenzaron a disminuir, como si su mundo de pertenencia lo castigara de manera silenciosa e hipócrita. Para mediados de los noventa vivía de sus menguantes ahorros y de la creciente ayuda de mi madre.

Lo primero, era dar con el sitio apropiado. Susanna quería que quedara en la parte tradicional del cementerio, cercana a la entrada de avenida La Paz. Dieron con uno disponible al costado del Mausoleo Español. En dinero de esa época, costó cuatro millones de pesos, lo que me pareció una fortuna para nueve metros cuadrados de terreno. Según el tío Ignacio, era un precio razonable en comparación con los de otros sitios peor ubicados o de planta menos regular.

Para mi madre, Ignacio estaba tomándose el asunto con demasiada seriedad. Ella solo quería algo bonito y sencillo. Habían llegado a ciertos acuerdos.

Tendría seis nichos, tres a cada lado, todos sobre el nivel de la tierra. Los cajones se ubicarían con el lado largo hacia el interior del recinto, cubiertos por lápidas apaisadas. Al fondo del espacio abierto entre ellos habría un altar, en el que un sacerdote podría encontrar apoyo para el oficio de una ceremonia. El remate sería una pared de mármol travertino con una cruz hendida en la piedra. En una de estas conversaciones, entusiasmada por mi interés, Susanna me pidió que estuviera presente en la próxima reunión con Ignacio. Después de dos meses de haber recibido el encargo, por fin él le presentaría un anteproyecto. Si ella lo aprobaba, podría seguir adelante con el desarrollo de los planos de detalle. Me alegré de que me lo pidiera, me sentí elegido por ella para acompañarla en una tarea delicada. Me prefería a mí para aconsejarla en un tipo de decisión que acostumbraba a consultar con mis hermanos.

El talante de Ignacio me causaba impresión cada vez que nos encontrábamos. A su porte, se sumaba una formalidad que rozaba lo mayestático. Entramos al comedor, iluminado por una lámpara de opalina que colgaba en el centro de la habitación. A un costado de la mesa se ubicó él, y al otro, mi madre y yo. Las sobrias sillas de encina, tapizadas con felpa verde oscura, sumadas al robusto mueble bufé de estilo neogótico, le conferían a la habitación un ascetismo monacal, solo traicionado por el brillo azul de la alfombra china. Con la fuerza de su mirada, Ignacio nos hizo aquietarnos. Él mismo adquirió un aire estatuario como si se privara de gestos superfluos y en su rostro se dibujara lo más esencial de sí mismo. Permaneció en silencio alrededor de un minuto, a punto de que resultara embarazoso. Delante de él, asía con las dos manos un rollo de lo que sin duda eran los planos o croquis de la tumba.

Se aferraba al tubo de papel como alguien se aferraría de la baranda de un elevado balcón.

—Ricardo fue un gran hombre y su mausoleo tiene que honrar esa grandeza.

La frase me estremeció. Yo sentía cierta devoción por Ignacio, lo valoraba como artista —cada vez que se daba la oportunidad, él me recordaba que la arquitectura era el arte mayor— y me asombraban su dignidad y su cultura. Sin embargo, su admiración por Ricardo me había contrariado desde que tuve edad para verme como un ser aparte de mi padre. Creía que eran dos hombres de naturalezas diferentes, una abierta a la cultura y el pensamiento, la otra a una idea más bien superflua del trabajo y el bienestar. Yo no había conocido a la persona que él alababa.

Siguió enumerando las virtudes empresariales de Ricardo. Había sido un visionario, un innovador, un hombre de talento, también un maestro para muchos que aprendieron de él las artes de la metalurgia. No podía ser una tumba común y corriente, tenía que realizar un gesto que representara la personalidad a la vez sencilla y ambiciosa de Ricardo, sugerir lo lejos que había llegado en la vida.

Una de las láminas correspondía al trazado de la planta, otra mostraba dos cortes y finalmente venía un dibujo isométrico de la obra completa.

Mi madre echó el cuerpo hacia atrás y su espalda adquirió la misma rigidez que la de Ignacio.

—Es muy bonito lo que dices de Ricardo, pero esta tumba no es una tumba sencilla, como te pedí que fuera.

—A mí me parece extremadamente sencilla, tanto en su plan como en su gestualidad. Esa es su virtud.

—Pero ese techo en diagonal...

Ignacio defendió su propuesta con pasión. Ese techo inclinado, que llegaba hasta los ocho metros de altura, era el único gesto arquitectónico y por lo mismo resultaba significativo. Buscaba simbolizar la determinación de Ricardo de llegar lejos, de mirar al futuro, de abrirse a los tiempos que le tocó vivir. Estaría hecho de cobre, para que con los años se oxidara y tomara una pátina verde. Era un material chileno, noble y resistente. Desde la calle se veía como una línea lanzada hacia lo alto en sesenta grados, con la parte baja hacia el norte formando un pequeño alero y la parte alta completamente abierta hacia el sur. Sería la tumba más luminosa del cementerio, pero no recibiría sol directo. Un mausoleo no tenía por qué ser un lugar tenebroso. Lo había diseñado así por un asunto de proporcionalidad, pero también para que no se viera disminuido al lado del Mausoleo Español. Le parecía fundamental que tuviera carácter, que se hiciera notar. La palabra mausoleo significaba «sepulcro monumental» y lo que nosotros debíamos hacer era levantarle un monumento a Ricardo, para que en cien o doscientos años la gente y las nuevas generaciones de Orezzoli recordaran su importancia. No había nada más duradero respecto de una persona que su tumba. Las casas, los objetos, hasta los recuerdos y las fotografías desaparecían, pero las tumbas continuaban ahí por siglos. Era imprescindible representar la osadía metalúrgica que él había encarnado.

Yo había dejado de pensar en el proyecto y me asomaba al abismo de percepción que existía entre esa grandeza de espíritu que Ignacio invocaba y el aura pequeña y hasta vulgar con que Ricardo permanecía en mi recuerdo. Susanna me sacó de golpe de mis cavilaciones.

—¿Tú qué opinas?

No supe qué responder. Primero observé las señas de irritación en el rostro de mi madre, luego miré de reojo a Ignacio. Continuaba poseído por su altivez creativa. Tal vez había pasado del encargo de una simple tumba familiar a un llamativo mausoleo con el fin de ganar más dinero, de alcanzar mayor lucimiento, de reparar su vanidad herida. Cada vez que me detengo frente a la tumba y veo el resultado, me arrepiento de estas especulaciones, y la única justificación que encuentro para haberme permitido tamaña mezquindad fue la resistencia que surgió dentro de mí ante la idea de que mi padre hubiera sido una suerte de prócer.

—Habría que decidir si queremos un monumento o una tumba para la familia —dije intentando salir de en medio.

—Yo quiero una tumba para la familia. No sé de dónde sacaste esto del sepulcro monumental.

—Tú me hiciste el encargo de que diseñara una tumba para Ricardo. Esta es mi oferta, la única que encuentro digna de él.

—¿No podrías diseñar un techo menos aparatoso?

—Podría, pero no creo que sea ni justo ni conveniente.

A Susanna se le endureció la mirada. Se giró hacia mí y me sentí obligado a decir algo más.

—En los planos da la sensación de que el techo empequeñece el edificio. Ese techo sería el apropiado para una tumba más grande.

—Lo pensé y llegué a la conclusión de que no es así —respondió Ignacio con rapidez, frunciendo el ceño como si por vez primera abandonara las alturas del arte y bajara a discutir el proyecto con un cliente sagaz. Se inclinó sobre las láminas y con lápiz grafito en mano, añadió—: Por eso tiene que ser una hoja de cobre, suspendida a cierta altura sobre los muros, como un ala, una vela, que recuerde esa clase de levedad. En el fondo, al ser liviano, el gesto no se impone al cuerpo del edificio, sino que lo enaltece.

—Perdóname, Ignacio —mi madre movía la cabeza como si debatiera consigo misma—, esta es la tumba que tú quieres hacer y no la que yo te encargué.

—Piénsalo. Pregúntale a Juancho. Él estudió arquitectura. Te aseguro que me encontrará la razón.

Susanna y yo lo acompañamos a la puerta. Se despidieron como siempre, dándose un beso en la mejilla mientras pasaban un brazo por la espalda del otro, pero en vez de ofrecer Susanna una última mirada cariñosa al salir del abrazo, bajó la vista, y diría que al mismo tiempo Ignacio la alzó, como si mirara más allá de ella.

Mi madre me contó dos semanas más tarde que lo había llamado para pedirle que cambiara el techo por uno más sencillo, un techo normal, así fue como se lo dijo. E Ignacio le había respondido que en ese caso prefería no hacer el proyecto.

El techo de la tumba se volvió un problema familiar. Mi madre lo consultó con mis hermanos y el tío Juancho. El sacerdote opinó que Ricardo se merecía un homenaje y que la idea del techo le parecía brillante. Mi hermano Samuel reparó de inmediato en que el costo de un techo así sería diez veces mayor que el de uno normal. No le veía sentido a gastarse esa fortuna en una tumba. Pedro se debatió entre una y otra propuesta. Sentía franca antipatía por los aires de artista que se daba Ignacio —«cuando todos sabemos que vive gracias a la caridad de la mamá»—, pero al mismo tiempo consideraba que la tumba no podía quedar en deuda con la importancia de nuestro padre. Susanna insistía en que llamar la atención en un cementerio era como ir al supermercado vestida de traje largo y joyas. Si se era sencillo en la vida, como había sido Ricardo, no se tenía por qué ser ostentoso en la muerte. Para Mónica, mi madre estaba equivocada. Era cosa de ver el mausoleo de los Gellona o el de los Falabella, auténticos palacios de mármol. Y cuántas estatuas no habían repartidas por el cementerio para conmemorar a presidentes, doctores, militares, hasta una flauta traversa gigantesca había visto una vez, coronando la tumba de un músico. Si le preguntaban su opinión, prefería que le pusieran el techo de cobre.

8. Verano de 1973

Al regreso de nuestro viaje al sur, mi padre y su socio arrendaron una oficina en un edificio de la calle Huérfanos, donde se dedicarían a buscar nuevos negocios. Las conversaciones con un industrial argentino para instalar una fábrica de perfiles en Gualeguaychú se hallaban adelantadas. También supervisarían sus inversiones en pequeñas fábricas metalúrgicas que habían ayudado a crear. Según mi madre, Ricardo se iba a morir ahí, porque echaría de menos la animación de la fábrica, con sus días cargados de acontecimientos.

A mediados de ese año de 1972, mis padres compraron una casa en la ciudad de Villarrica, junto a la ribera del lago, a un precio irrisorio, equivalente a tres mil dólares en el mercado negro. Poco antes habían viajado a Caracas. Allí conocían al gerente regional de una gran compañía metalúrgica holandesa. Susanna llevó la mayoría de sus joyas y las vendió entre los conocidos de su amigo, lo que le dio el derecho a decir que la casa era suya.

El verano de 1973 fue el primero que pasamos ahí. Quedaba en la calle General Urrutia, uno de los militares que participó en la llamada Pacificación de la Araucanía, durante la segunda mitad del siglo XIX. Con ayuda de Ignacio, mi papá había mandado a hacer una serie de arreglos antes de que nosotros llegáramos: se pintó la madera tinglada de los muros exteriores de blanco y el techo de zinc de rojo; se abrieron rasgos en la fachada para instalar puertaventanas —otro de los gestos de estilo del arquitecto de la familia— orientadas hacia el lago y el volcán; se construyó una terraza de madera sobre pilotes que permitía «salir» a la vista; se instalaron una estufa a parafina y una chimenea de fierro; y para la cocina se compraron muebles nuevos de madera de coihue.

Ese verano lo pasamos juntos mi padre, mi madre, Samuel y yo, todo enero y todo febrero, y hacia el final recibimos la visita de Mónica, su marido y sus dos hijos. Pedro no quiso ir, prefirió quedarse cerca de donde estuviera su novia. Se iban a casar ese año. La mayor sorpresa fue que Ricardo dirigió los arreglos que todavía quedaban por hacer. Tomaba desayuno temprano y ya se había vestido cuando mi madre recién despertaba. Él no hacía el esfuerzo físico, pero se pasaba el día supervisando el trabajo y dando órdenes. Vimos surgir en el patio un cobertizo que se convertiría en estacionamientos techados y bodega. También remodeló una pequeña casita que había en una esquina del terreno para transformarla en pieza de lavado, con estar, dormitorio y baño, con la idea de contratar un cuidador en el futuro. Realizó mejoras a las instalaciones de gas, agua y electricidad. Hasta entonces no lo había visto hacerse cargo de ningún desperfecto en la casa de Santiago, ni qué decir de un asunto que tuviera que ver con el jardín. Esas eran responsabilidades de mi madre. En Villarrica, en cambio, compró los durmientes que sirvieron para aterrazar el declive del terreno en su descenso hasta la franja pública que rodea el lago, y no descansó hasta verlos distribuidos y fijados cada uno en el lugar que Susanna le había indicado. Lo recuerdo también dirigiendo un camión tolva que depositaba gravilla volcánica en distintos puntos del patio de ingreso, la que después fue repartida y apisonada por un maestro, en capas sucesivas, o bien mojándola, o bien aprovechando las lluvias veraniegas, con la ayuda de un rodillo compactador.

Desde la erupción, mi padre estaba cambiado. O yo lo veía tal como era, por primera vez. Cuando estaba por salir al patio, al jardín o al «pueblo» —así nos referíamos al centro de la ciudad—, nos invitaba a Samuel y a mí a que lo acompañáramos. El esfuerzo físico y las herramientas no me interesaban, pero sin duda que a Samuel sí. Seguía a Ricardo por el terreno y muchas veces lo vi martilleando un clavo, acarreando una tabla o dándole giros a una tuerca con una llave inglesa. Mi padre no solo reparaba la casa, sino que también parecía decidido a recuperar el optimismo.

Ese año aprendí a pescar. A treinta pasos de la casa, donde la calle se extinguía contra la orilla del lago, había una playa de arena negra en la que don Luis Barrios, botero durante el verano y componedor de huesos durante el invierno, instalaba un muelle frágil, de dos tablones de ancho. A las seis y media de la mañana salía yo de la casa con mi caña y mi caja de pescar recién compradas y me internaba con él en el lago. Hasta hoy ese recuerdo constituye para mí un ideal de felicidad. El silencio del amanecer, la sábana de niebla alzándose de la superficie del agua, los primeros destellos del sol que me calentaban el cuerpo. Hasta la voz ruinosa con que don Luis elucubraba hacia dónde debíamos dirigirnos forma parte de ese paraíso. Llevaba siempre sombrero de fieltro con cinta, un viejo traje gris ratón y zapatones. La camisa la usaba abotonada hasta arriba. Si hacía frío, se ponía un chaleco de lana gruesa. Si hacía calor, se sacaba el paletó —así llamaba él a su chaqueta—, lo metía cuidadosamente doblado por el revés en la punta del bote y se arremangaba la camisa percudida por el cloro y el sol. Tenía los brazos fuertes, pero insistía en que también se remaba con las piernas y el tronco. Para don Luis, uno de los secretos de una buena pesca era que los remos entraran en el agua suavemente y el bote alcanzara una velocidad constante. De ese modo, el apero —como les decía a los señuelos, fuera un spinner, una cuchara, un caimán o una rapala— se movería con naturalidad dentro del agua. Debatíamos sobre cuánto peso ponerle a la línea de acuerdo a la luz y a las condiciones del lago. Para los días nublados, elegíamos aperos plateados o blancos, para los de sol, dorados y más oscuros. Él tenía sus favoritos. Yo había comprado un caimán payaso, de cuerpo blanco con pintas negras y rojas, porque en la tienda Domburgo me habían dicho que se pescaba bien con él. Pero a don Luis no le había dado buenos resultados. Decía que era para aguas más profundas, como las de Pucón o el lago Calafquén, y que había que usarlo con mucho peso o con parabán. Si había viento de travesía, le gustaba cruzar frente a la península donde descansaba la parte vieja de la ciudad e ir a pescar cerca de la barra del río Toltén. Si había viento sur, nos íbamos costeando en esa dirección hasta que entrábamos en la bahía de El Parque, que se abría en calma frente al hotel que le daba nombre al lugar. Si el lago estaba «como taza de leche», probábamos suerte frente a la costa de la playa de Pucará, porque según él, en días así, los salmones —pescábamos truchas en realidad— se acercaban a la orilla a comer. El norte nunca era bueno, porque traía mal tiempo, ni qué decir el puelche, ese viento caliente que provenía de Argentina y que crispaba el lago al punto de que era imposible salir del muelle sin arriesgarse a que nos volcáramos. Cuando había un buen tiempo inapelable —porque a mi madre le daba miedo que yo saliera a pescar, sobre todo cuando no podía levantar la vista y divisar el bote desde la casa— y mi padre se sentía generoso, me dejaban salir durante cuatro horas, tiempo suficiente para llegar hasta la puntilla de El Sueño, una formación que parecía el lomo de un gigantesco animal que hundía la cabeza en el lago para abrevar, con el bosque denso de coihues, boldos, ñirres y mañíos como pelaje. Don Luis decía que la mejor pesca se encontraba ahí. Esa larga travesía cercana a la costa deshabitada, mientras surcábamos el reflejo oscuro del bosque, con él sentado en el travesaño central y yo en el posterior dándole la espalda, escuchándolo comentar lo que sus ojos veían mucho antes de que yo advirtiera de qué se trataba, observando la estela que dejaba el bote y la lienza que se hundía en el agua, fue la cima de mi infancia. Ahí comencé a adorar la tranquilidad, el silencio, el retiro como una forma de liberación. Con don Luis me sentía seguro, acompañado, apaciguado. Con él aprendía cosas que nadie más me enseñaría, como distinguir los cantos de las aves, el remoloneo entre las ramas de algún animal, la forma de anudar los destorcedores a la lienza, predecir el tiempo con solo mirar el cielo, el lago y el volcán. Lo único que no me gustaba de nuestros paseos era cuando se ponía a hablar del poder de sanación de Dios. Se había hecho evangélico, y aunque no llegaba a ser majadero, sus alardes de creyente me intimidaban y prefería dejar de escuchar.

En la tercera salida pesqué mi primer salmón. Marcó un kilo y medio en la primitiva pesa de resorte que usaba don Luis. A dos cuadras de la casa, en el hotel Yatching, embalsamado dentro de una caja de cristal, había un salmón de poco más de nueve kilos. Tenía fama de ser el más grande que se había pescado en el lago, por lo que mi botín no tenía nada de extraordinario. Mientras remaba de regreso al muelle, don Luis murmuraba: «Pucha que está bonito el bruto». Yo tenía que saber que ahí no salían de más de medio kilo. Harta pelea que había dado. El salmón saltó tres veces fuera del agua, contorsionándose furiosamente en su intento de zafar del anzuelo. Al traerlo junto al bote, don Luis lo sacó del agua con un chinguillo y una vez que lo tuvo dentro, lo tomó con una de sus manazas y con la otra lo noqueó, dándole un golpe en la nuca. Su arma fue un palo que tenía el aspecto de un trozo de escoba, pero más grueso y más pesado, hecho de madera de luma. ¡Ahí estaba! Bonito el bicho. Lo pescamos con un spinner dorado, con poco peso para que tomara luz de la superficie, a unos quinientos metros de la costa, un día de sol radiante, a eso de las ocho de la mañana.

En el tramo de regreso al muelle, me volteé muchas veces para mirar el salmón que don Luis había dejado a sus pies. A cada tanto, para mantenerlo fresco, él recogía agua del lago con un tarro mediano de café y se la vertía encima.

Me llevé el salmón a la casa ensartado por las agallas con una varilla de los sauces que crecían cerca. Se había puesto algo rígido y la cola se curvaba, los miles de espejos de su piel lanzaban destellos bajo la luz de la mañana. Mi padre estaba por subirse al auto. Alcé el pescado ante él. Se acercó sorprendido.

—Tremendo salmón —dijo—. Lo vamos a comer al almuerzo. Ahora acompáñame al pueblo.

—Pero no quiero dejar de mirarlo.

Temí que no me entendiera, pero tomó papel del último cajón de la cómoda de la entrada —donde guardábamos los diarios para tener con qué encender la estufa y la chimenea—, y volvió a salir. Abrió el maletero del Fiat y después de desplegar el papel, me ordenó:

—Ponlo ahí. Podrás mirarlo todo lo que quieras mientras hago las compras.

La última parada fue en la ferretería de los Mazzala, una familia que tenía algún parentesco lejano con el socio de mi papá. Al salir, Ricardo venía acompañado de don Pedro Mazzala, un viejo alto, de frente despejada, nariz aquilina y melena completamente blanca.

—Mira el manso salmón que pescó mi cabro esta mañana.

Tomó el pescado por las agallas con una habilidad que no le conocía y lo alzó en el aire. Don Pedro asintió con la cabeza.

—Está bonito, bien bonito.

Ricardo sonrió orgulloso.

Comimos el salmón esa noche. Mi madre lo puso al horno envuelto en papel de aluminio, con mantequilla, jugo de limón y hojas de salvia. Alcanzó justo para los cuatro.

—Nunca había comido un pescado tan rico —dijo mi papá mientras yo lo observaba, a la espera de que sufriera alguna clase de transfiguración.

Llovía y la tía Gilda nos esperaba con más comida de la necesaria para hacernos entrar en calor. Antipasto, ravioles, carne al jugo. De postre había pasteles de mil hojas de la Hostería Suiza y un kuchen de nuez, preparado por ella misma. La lluvia solo dejaba ver una estrecha franja de lago, ocultando a la vista la isla y la otra orilla. Desde el comedor podíamos oír el resuello que las pequeñas olas les arrancaban a las piedras de la playa. Mi padrino y sus hijos nos contaron que habían bajado el río Toltén el día anterior, cada uno en un bote, con un botero al mando de los remos. Habían partido a las ocho de la mañana desde Villarrica y a las cinco de la tarde habían llegado a Catrico. Para el almuerzo los boteros habían hecho un fuego para asar algunos salmones. La curiosidad de mi padre se activó. ¿Quiénes eran los boteros? ¿Desde dónde partían? ¿Era la misma clase de botes que uno veía en el lago? ¿Cuántos salmones habían pescado? ¡Tantos! ¿Qué iban a hacer con ellos? ¿Los mismos boteros los ahumaban? ¿Y los rápidos del río no eran peligrosos? No hubo nada que yo quisiera saber que él no preguntara. Cuando llegaron al tipo de aperos que habían usado, él tío Atilio soltó una carcajada.

—Se pesca con pancora, compadre. ¡Qué aperos ni qué ocho cuartos!

Usaban un cangrejo que vivía entre las piedras del río, del tamaño de un pulgón de mar, un poco más grande quizá. Se clavaba en el anzuelo y listo. ¡Qué importaba que fuera ilegal! Con aperos no se sacaba ni un solo salmón en todo el día, y uno además los dejaba todos en el río, porque se ensartaban en los troncos o entre las piedras del fondo.

Al regreso, metidos dentro del Fiat 125, con los vidrios empañados e inmersos en el olor a humedad que el chaparrón había impregnado en nuestra ropa, me atreví a preguntar si nosotros podíamos bajar el río.

—Por ningún motivo —dijo mi madre.

Mi padre la miró de reojo.

—A mí me gusta la idea.

Susanna se revolvió en su asiento.

—Como Marco ha sacado tres salmones, ahora todos quieren pescar.

—A mí me tinca bajar los rápidos —dijo Samuel.

Era el único punto que no me convencía. Los rápidos que habíamos visto desde el camino no parecían inofensivos. Mi madre agitó las manos en el aire, como si tratara de espantar una nube de mosquitos, de esas que en los atardeceres sureños flotan aisladas, orbitando en torno a un centro invisible.

—No van a bajar el río. Así que olvídense. Si ni siquiera cañas de pescar tienen para los tres.

Una semana más tarde nos levantamos a las siete de la mañana y fuimos hasta la casa del Pidén, situada en un terreno de fuerte pendiente que bajaba hasta la barra del río. Mi mamá nos iría a buscar a Catrico esa tarde, a dieciocho kilómetros de Villarrica. Por los meandros, la distancia que recorreríamos a lo largo del río sería más del doble. Los boteros regresarían en el camión que traería los botes. La decisión de mi padre me había llenado de alegría. Por primera vez se asociaba conmigo en algo que me gustaba hacer. Descendimos hasta una estrecha playa de tierra negra. Seguramente se había abierto al bajar el nivel del lago y del río con la llegada del verano. Hacía frío. El mismo terreno a nuestras espaldas impedía que recibiéramos el sol de la mañana. Había visto esas casas colgantes desde el bote, cuando íbamos a merodear por ahí con don Luis. Estaban hechas de tablas, planchas de madera, plástico, zinc y cualquier otro material que sirviera de recubrimiento. Distintos cuartos, a diferente nivel y de distinta altura, yuxtapuestos, algunos con un corral de animales de dibujo irregular a un costado. Mientras el Pidén y dos compañeros preparaban los botes para que pudiéramos subirnos, se movían inquietos entre nosotros al menos una docena de perros chicos, todos quiltros. La superficie del lago, que ya era río, brillaba verde y oscura. Ricardo preguntó con cuál de los tres boteros se pescaba más. El Pidén levantó la mano y los otros dos no protestaron porque se arrogara ese título. Lo llamaban así por su parecido con un ave de plumaje negro —como su piel retinta—, de pico grueso y encorvado —como su nariz—. Mi padre fue hasta su embarcación y se subió. Me molestó que no me dejara elegir a mí, cuando era yo el pescador de la familia, pero una vez que nuestros tres botes, llevados por la corriente, cruzaron bajo el inmenso arco del puente de entrada a la ciudad, sentí que la vida comenzaba de nuevo.

Me tocó bajar con el Coque, un tipo alto en comparación con los demás boteros, con crespos en la cabeza y en el pecho, un bigote ancho sobre la boca. Tenía el pelo castaño y una sonrisa pícara fijada en el rostro. Hablaba solo para darme instrucciones:

Lanza ahí,

recoge,

recoge,

déjalo picar,

tráelo despacio,

espera,

tira ahora.

En la primera curva vimos una reunión de jotes de cabeza negra, apostados en lo alto de una de las paredes que encajonaban el río. El Coque me explicó que ahí quedaba el matadero. Un poco más abajo nos detuvimos en una pequeña ensenada pedregosa para que él pudiera buscar pancoras frescas. Se arremangó los pantalones y la camisa. Pude ver sus pantorrillas voluminosas y sus antebrazos velludos mientras levantaba piedras en busca de esos cangrejos que iba echando en un tarro. El secreto era que las pancoras estuvieran blandas, y si estaban rojas, mejor. La camisa le colgaba en torno al cuello y también pude ver su pecho. Se me aceleró el corazón. Es el primer recuerdo que tengo de haber experimentado deseo por un hombre. Tuve la fantasía de que dejábamos el bote en la orilla y nos internábamos entre los árboles. Quería verlo desnudo, tocarlo, ojalá sentir el bigote contra mis labios.

En la bajada se multiplicaron las emociones de mis paseos por el lago. Debía estar siempre atento, los salmones picaban de manera menos definida en el río, y a veces los golpes del anzuelo en las piedras del fondo, o la acción de una corriente fuerte o de un remolino, podían confundirse con una picada. El Coque mantenía el bote en constante movimiento, girándolo a un lado, luego al otro, dejándolo desplazarse a veces rápido corriente abajo, a veces imperceptiblemente cuando cruzábamos un pozón. Yo estaba más pendiente de él y de su fuerza que de pescar. Me asombraba que con sus manos pudiera manipular con tanta destreza la lienza, los destorcedores y los anzuelos, sin nunca llegar tarde al necesario impulso de uno o de ambos remos. Yo me volvía a mirarlo con cualquier pretexto, pero él me instaba a que no me desconcentrara. Tenía que estar listo para recoger y lanzar de nuevo la carnada en un sitio determinado por su intuición y no por ninguna particularidad que yo pudiera reconocer. Los rápidos eran buenos lugares de pesca, aunque el bote se golpeara en su descenso al fondo de las olas. Si la lienza llegaba a engancharse con un tronco, había que poner freno al carrete para que se cortara lo antes posible. El bamboleo no me llenó de miedo sino de placer. Mi confianza en el Coque se había vuelto absoluta.

Cuando un salmón le picaba a él, le daba un tirón para ensartarlo y luego cambiábamos cañas para que yo lo sacara. Más de una vez sacamos dos al mismo tiempo. Cada cambio de caña afianzaba la sensación de intimidad que yo sentía crecer entre nosotros, cada salmón era un trofeo compartido. Solo cuando llegamos al final de la excursión, después de que me tomara de una mano para ayudarme a bajar del bote, al oírlo intercambiar puyas con sus compañeros, al verlo hablar con ellos con una espontaneidad que no me había prodigado en todo el día, comprendí que yo había sufrido una especie de alucinación y que le seguía resultando un ser completamente ajeno.

La bajada del río fue un festín y una masacre. Sacamos setenta y dos salmones entre los tres botes. El más grande lo pescó mi padre. Pasaba de los tres kilos de peso. Era una trucha fario, de lomo café verdoso con pintas oscuras. Samuel sacó una trucha arcoíris casi del mismo tamaño. Yo en cambio me tuve que contentar con haber sido el que sacó más salmones sobre un kilo, pero ninguno de más de un kilo y medio.

—Bueno, el campeón soy yo —dijo mi padre, los boteros celebraron con risotadas y yo me sentí humillado.

Comimos salmón ahumado de aperitivo el resto del año. Había tanto que, si yo pescaba uno en el lago, nadie quería comerlo como plato de fondo, ni tampoco mandarlo a ahumar, así que se lo dejaba a don Luis, para que se lo llevara a su casa.

9. Invierno de 1973

Ricardo me colgó el apodo de «el rey de las colas». Gracias a mi capacidad para levantarme a oscuras, aprendida en mis salidas a pescar, mi madre comenzó a enviarme a las tiendas donde había que hacer fila para comprar «enseres de primera necesidad». Ella también se levantaba al alba, porque debíamos hacer al menos dos colas: la del pan y las largas esperas a las puertas de los supermercados Unicoop o Almac, donde conseguíamos los productos que escaseaban: azúcar, leche, harina, arroz, y de vez en cuando, un pollo o un trozo de carne. El mejor número que conseguí en el Unicoop fue el 5, una mañana que llegué un cuarto para las seis. Seguramente aquel día no vendieron nada muy codiciado. En el Almac, en cambio, fue el 23, y eso que llegué a las cinco y media. Siempre la cola del Almac se alargaba más, tres o cuatro cuadras a veces, porque se conseguían mejores cosas. Las primeras personas en llegar eran siempre mujeres. Venían de otros barrios, pasaban la noche al aire libre, sentadas sobre un cojín, cubiertas con frazadas y gorros de lana. Una de ellas me comentó que en su barrio de Recoleta no podían comprar algunos de los productos que se vendían en ese Almac. Recuerdo un día lluvioso de agosto cuando comimos lomo vetado, nuestro primer pedazo de carne desde que se había terminado el cargamento que mi madre trajo de Villarrica en la maleta del auto, sin importarle que la pudieran detener por transporte ilegal de alimentos. Fue una especie de rito. Hasta mi padre aguardó a que estuviéramos todos sentados a la mesa para empezar a comer. Susanna había puesto velas en los candelabros y usó la vajilla Thomas que tenía reservada para invitados especiales. Samuel me felicitó por haber conseguido la carne. Mis dos logros del año: el primer salmón y un kilo de lomo vetado.

Recuerdo que una vez mis papás fueron a un comité de vecinos para la defensa del barrio, en caso de que fuera atacado por «las hordas marxistas». Mi mamá llegó contando que habían abandonado la reunión antes de que terminara. Los improvisados líderes habían pretendido asignar responsabilidades: nuestra piscina sería el reservorio de agua del barrio; harían un sorteo para designar a los encargados de patrullar las calles; se realizaría un catastro de las armas que los vecinos tenían en sus casas. Llegado un punto, seguramente iluminado por su pragmatismo, mi padre pidió la palabra y dijo que si llegaba a ocurrir lo que el comité imaginaba, antes del primer disparo ya todos habrían arrancado. Lo más seguro es que se verían las caras de auto a auto, huyendo por el camino a Mendoza, antes que defendiendo una barricada a la entrada del barrio. Quizá les había faltado jugar más a los soldaditos de plomo cuando niños. Luego se había puesto de pie, le había ofrecido el brazo a mi madre, y habían partido de la reunión entre las protestas de los demás.

Ocurrió un martes cubierto de nubes septembrinas. Los estratos costeros se habían adentrado en los valles. Ese día Samuel y yo no habíamos ido al colegio porque los profesores estaban en paro. Salí de la cama temprano, movido por la curiosidad que me despertaron los ruidos inusuales que percibí en la casa. No era la cruel aspiradora ni la esperada sonajera de bandejas y cubiertos, sino un rumor de pasos apurados, de llamadas telefónicas, de suspiros audibles a lo lejos. Me encontré con mi madre en el pasillo de los dormitorios. Se arrebujaba con la bata de algodón en un ademán compulsivo. Cada vez que se cruzaba conmigo recién salido de la cama, me volvía objeto inmediato de su devoción, pero esa mañana no pareció percatarse de que estaba frente a ella, como si deliberara qué hacer o hacia dónde ir.

—Hay golpe de Estado —dijo con los ojos vacíos.

Ni siquiera para mí era una noticia inesperada. No hubo reunión familiar en la que no se hablara de la posibilidad —o la urgencia— de que ocurriera de una vez por todas. El país se encontraba paralizado, el desabastecimiento había recrudecido, el diálogo político estaba muerto. El tío Juancho nos había confidenciado el sábado último que el cardenal Silva Henríquez había perdido toda esperanza.

Ricardo hablaba por teléfono desde el estar. Yo lo observaba con fijeza para poder medir el grado de alegría que lo habitaba. Lo único que pude sacar en limpio fue la gravedad de la situación. Me pidió que fuera a despertar a Samuel. Los dos debíamos estar vestidos cuanto antes en caso de cualquier emergencia. Pedro se había casado hacía poco y ya no vivía con nosotros. Pasadas las nueve, nos reunimos en torno a la radio de la cocina y escuchamos el último discurso del presidente. Mi papá concluyó que Allende se daba por derrotado. La Juanita nos miraba con ojos enormes. Mi madre soltó unas lágrimas.

—No tienen de qué preocuparse —nos dijo Susanna a Samuel y a mí—, vamos a estar bien. Solo me emocioné con el discurso.

A eso de las once, oímos un estruendo sobre nuestras cabezas. Con mi hermano corrimos al jardín, en busca del lugar desde donde mejor se pudiera abarcar el cielo. Justo afuera de la reja que cercaba la piscina, había una gran piedra rojiza, de contornos redondeados, con forma de riñón. Sus dos cumbres nos ponían medio metro por sobre el nivel del terreno y se hallaba lo suficientemente alejada de los árboles como para ofrecernos la vista más amplia. Ahí vimos pasar dos Hawker Hunters de poniente a oriente, volando ala con ala bajo las nubes. La llegada de esos aviones supersónicos a la escuadra chilena había sido tan insistentemente celebrada por los diarios y la televisión que hasta yo me sabía el nombre de esos bólidos que ahora intimidaban a la ciudad. En cada uno de sus vuelos a baja altura, me presionaba las paletas de los oídos con mis dedos índices, por miedo a que rompieran la barrera del sonido. En medio del desastre, yo asistía a sus efectos visibles y audibles con el corazón acelerado, drogado con solo imaginar las explosiones que ocurrirían si es que los aviones llegaban a disparar sus rockets.

Cuando entramos a la casa, Ricardo y Susanna miraban absortos el televisor. La Moneda estaba en llamas. El comentarista dijo que existían versiones que afirmaban que también habían bombardeado la casa del presidente, en avenida Tomás Moro. El daño ya no era ni remoto ni imaginario, el edificio que veía cada vez que iba al centro después del colegio, el que aparecía en la televisión cuando el presidente hablaba en cadena nacional, se estaba quemando. Mi ardor catastrofista me produjo un mareo. Susanna se levantó del sofá y se paseó delante de nosotros, abrazada a sí misma por los hombros.

—No había ninguna necesidad de bombardear La Moneda. ¿Para qué? ¿Para asustar a la gente más de lo que ya está? ¿Tenían que usar cohetes de un avión supersónico para sacar a un pobre hombre de su silla? ¡Si ya nadie lo defiende!

La noticia de la muerte de Allende nos quitó el habla a todos. La Junta emitió uno de sus bandos, declarando que tenía el control del país. Habría toque de queda a partir de las seis de la tarde y no se podría poner un pie en la calle durante todo el día siguiente. Los vecinos de la cuadra salieron a celebrar. En el estacionamiento empedrado de nuestra casa se reunieron los Silva, los Schapiro, los López, los Herrera y, para mi sorpresa, los Carcavilla. Alguna vez le había oído a mi madre decir que eran de la Unidad Popular, lo que claramente no resultó ser verdad, pues se veían tan contentos como el resto. Mi papá entró a la casa y regresó con una botella de champán Valdivieso y cuatro vasos. Mandó a Samuel a buscar más. Pensé en los Pérez, nuestros vecinos de enfrente. Ellos sí eran de la UP. En mi familia no se permitía el uso del término peyorativo «upelientos», pero amenazaba con tomar cuerpo en cada giro de una discusión política, y prácticamente todas las discusiones se habían vuelto políticas. No me puse en el lugar de los Pérez. Me mantuve arropado por la sensación de libertad recuperada que nos reunía. Nos habíamos salvado por poco de un régimen comunista. Problema de ellos si nuestra celebración les molestaba. Hoy pienso que lo que sintieron no fue ni rabia ni desprecio, sino miedo.

Mi padre alzó la copa y todos los adultos brindaron con él, incluida mi madre. De haber tenido una copa en la mano, yo también habría brindado.

Recién el jueves pudimos salir de la casa entre el mediodía y las seis de la tarde. No sabíamos que el toque de queda —con distintos horarios a lo largo del tiempo— regiría durante más de trece años y que impactaría las costumbres de todos, aleccionándonos a temer la supuesta maldad de la noche, a creer que una «buena vida» solo podía vivirse de día.

El sábado nos reunimos a almorzar. Sentado en el sofá de gamuza, mi padre daba pequeños giros a lado y lado, con impulsos imperceptibles de sus pies. Mi madre y el tío Juancho ocupaban uno de los dos sofás de felpa color burdeos, los mismos que muchos años después serían tapizados con cuero verde. Guillermo y Pedro permanecieron de pie. Mi hermano se había casado con Carmencita, una morena de ojos grandes y gestos aniñados, que conversaba con Mónica en una banqueta. Samuel y yo nos habíamos apropiado de los sitiales junto a las ventanas para estar más cerca de la bandeja con quesos. Los niños de mi hermana jugaban sobre una de las alfombras, rodeados de los juguetes que Susanna guardaba para ellos en el baúl de la entrada. Los adultos tomaban pisco sour. Nadie miraba hacia el jardín.

Mi madre quiso saber qué iba a pasar. Se lo preguntó a don Juan. Así llamaba al sacerdote por respeto, aunque alguna vez me confesó que también lo hacía para poner distancia y no dejarse manduquear por él. El tío Juancho había llegado a ser una especie de gurú para nuestra familia, un hombre culto, informado, sensato, al que las efervescencias de esta congregación italiana divertían más que ningún otro pasatiempo seglar o eclesiástico. Pedro comentó que seguramente le devolverían la fábrica al papá. Debió de prever que se abría la posibilidad de trabajar con él. Yo agregué:

—Quiero que maten a Vuskovic.

Es de esas frases de las que uno se arrepiente toda la vida, aunque la haya dicho a los once años de edad. El tío Juancho frunció el ceño e hizo un gesto de reprobación con la cabeza.

—No es bueno pensar así, Marco. ¿Qué habría pasado si las cosas hubieran sido al revés? ¿Qué sentirías si supieras que hay gente que desea tu muerte?

—Oí que Vuskovic se asiló en una embajada —dijo mi papá.

—Incluso a mí me dan ganas de irme de Chile. La solución va a ser peor que el problema.

Mi padre dejó de mecerse y enfrentó al tío Juancho con la mirada.

—Los militares van a poner las cosas en orden y en seis meses más le van a entregar el gobierno a Eduardo Frei. Le corresponde por ser presidente del Senado.

El sacerdote soltó una de sus habituales carcajadas, con las que aplaudía y a la vez se burlaba de nuestras barbaridades. Nunca las esgrimía para burlarse de mi padre, porque si había algo que irritaba a Ricardo era que se rieran de él o que tomaran su opinión a la broma.

—¿De qué te ríes?

El tío Juancho se puso serio de nuevo, sin desarmar del todo la sonrisa.

—¿En qué país has visto que después de bombardear el palacio de gobierno, de sacar al presidente muerto en una camilla, de perseguir a la gente a balazos por las calles, los militares le hayan entregado al poco tiempo el poder a un civil?

—Nuestros militares no son como esos salvajes de otros países, respetan y hacen respetar la Constitución —mi padre mantuvo su agresiva inmovilidad.

A Ricardo no le gustaba verse contradicho en su casa. Ahí daba las órdenes, administraba el perdón. Discutía con mi madre en privado, es cierto, pero hasta ese día jamás habíamos presenciado un desencuentro entre mi papá y el tío Juancho; eran hombres con perspectivas similares acerca de la vida, por muy diferentes que fueran sus ocupaciones.

—A mí me quedó claro que les importa un comino la vida humana y la Constitución. Hay que ser nada menos que un salvaje para bombardear La Moneda. No espero de ellos sino incuria y crueldad. Será porque a la Escuela Militar van a dar los tontitos de la familia. ¿Has oído hablar a Pinochet? Piensa en su tono de voz, esa forma que tiene de... Bueno, mejor me callo. Soy tu invitado y el pisco sour está exquisito —levantó la copa hacia mi padre ampliando de nuevo la sonrisa, sin trazas de contrariedad—. Solo le pido a Dios que me equivoque.

Me acordé de la discusión el lunes siguiente, cuando pasamos en auto al lado de dos cuerpos cubiertos con sábanas ensangrentadas, abandonados en medio de la Costanera. Mi padre no hizo ningún comentario y yo no me atreví a hablar.

10. Fines de 1973 y principios de 1974

Para la fracción de país que me rodeaba, la llegada de los militares se vivió como si se hubiera alcanzado la paz. Se había restablecido «la ley y el orden», se podía comprar cualquier cosa sin necesidad de hacer cola; ya no había huelgas ni protestas que afectaran el funcionamiento normal de la vida; los adultos iban a trabajar, los niños y jóvenes a estudiar; la amenaza de una revolución marxista se había extinguido. Pero el mayor efecto de normalidad para mi familia provino del hecho de que mi papá y el tío Flavio recuperaran la fábrica. Mi padre volvió a salir temprano en la mañana y a regresar tarde en la noche, y yo lo sentí alejarse paulatinamente.

A nuestra casa llegó el *Libro Blanco del cambio del gobierno en Chile,* publicado por la Junta. Mi hermano Samuel buscó el nombre de Ricardo en las listas anexas: ocupaba el número 152. Por primera vez sentí que el peligro que habíamos corrido había sido real. Una semana más tarde, Susanna y yo veíamos las teleseries que daban después del almuerzo. Ella tejía y prestaba una atención vaga, que solo se intensificaba cuando se producía alguna revelación. Estábamos por llegar al final de la historia y afuera la cruda luz del verano hacía del jardín santiaguino una mancha blanca.

—¿Es cierto que los comunistas querían matar a mi papá?

Dio un giro rápido de cabeza para mirarme y un primer asomo de molestia se vio aplacado por una segunda ola de oscuridad, de duda. Dejó los palillos de lado y giró el cuerpo hacia mí.

—No hay que creer todo lo que la gente anda diciendo. Se dicen muchas cosas, es mejor no llenarse la cabeza de conspiraciones.

—Vi el nombre del papá en el *Libro Blanco*.

Asintió ahora con mayor liviandad.

—Todavía no veo dónde está el famoso ejército revolucionario. ¿Tú, sí? ¿Y para quién podía ser Ricardo un peligro? No tiene ni pies ni cabeza. Mejor será que te alegres porque estamos bien y tanto odio no terminó en una guerra civil.

No sabíamos de la masacre que las Fuerzas Armadas estaban llevando a cabo precisamente en esos días. A través del diario y la televisión, supimos que había muerto gente en enfrentamientos con militares, que los «cabecillas» de la Unidad Popular habían sido deportados a la Isla Dawson, que mucha gente se había asilado en las embajadas y que había un gran número de militantes de izquierda presos en el Estadio Nacional. Pero nada habíamos oído en nuestro rincón de la Caravana de la Muerte, ni de las ejecuciones sumarias dentro del estadio, ni de los centros clandestinos de detención y tortura que se fueron estableciendo en todo Chile.

Cada vez que descubría unos oídos dispuestos a escucharla, Susanna protestaba porque los militares no daban muestras de querer regresarles el gobierno a los civiles. Para ella era evidente que debían entregarle la presidencia a Frei. Lo admiraba apasionadamente, creía que era el único líder «posible» para superar el desastre institucional. Como presidente había hecho un gran gobierno. Ricardo la tranquilizaba diciéndole que era mejor que los militares se tomaran su tiempo para poner orden antes de que les volvieran a dar el poder a los políticos. Por muy sensatos y democráticos que parecieran ahora, y en esto incluía a Frei, no habían sido capaces de ponerse de acuerdo cuando tuvieron el deber de hacerlo. Valía la pena esperar a que las ambiciones y los ánimos se aplacaran. Y a los chilenos no les vendría nada de mal dedicarse un tiempo a trabajar.

Salí de pesca con don Luis al día siguiente de llegar a pasar el verano del 74 a Villarrica. Remaba en medio del lago encrespado por una travesía persistente, bajo un cielo de nubes sin carácter, largos paños deslucidos que avanzaban en dirección al volcán. Habíamos puesto una cuchara plateada, sin agregarle plomos. Recordamos la pesca del primer salmón con el spinner dorado.

—Era bueno ese apero —dijo don Luis—, ¿dónde habrá quedado?

Ya no estaba en mi caja de pesca. Dimos giros cerca de la barra durante una hora y media sin recibir ni una picada. Miré las casas del Pidén y del Coque y se veían más tristes que antes. Con un dejo de abatimiento que no había percibido antes en él, don Luis afirmó:

—Este lago está muerto.

—¿Y si bajamos el río? —me di vuelta hacia él, para ver cómo reaccionaba.

—Ah, el río es diferente, ahí están saliendo unos bichos de noventa kilos.

Me quedé un rato callado, absorbiendo sus palabras. Luego agregó:

—A unos los tiraron desde el puente y a otros los fueron a tirar al balseo de Coipúe, en medio de la corriente. Les amarraban piedras, muertos —bloques de concreto en jerga lacustre—, hasta pedazos de rieles les amarraron para que no flotaran. Igual unos cuantos fueron a parar a la orilla, acribillados y hasta quemados.

—¿Y usted los conocía?

—Claro, cómo no los iba a conocer, si en Villarrica todo el mundo se conoce. Eran bien revoltosos, bien upelientos, uno que otro había sido abusador, pero ninguno se merecía que lo mataran, porque ellos no mataron a nadie. Yo sé que la cosa estaba mala con Allende, pero es distinto ensañarse con la gente pobre.

Cuando le conté a Ricardo mi conversación con don Luis, su rostro se contrajo y soltó esa frase que hoy suena terrible por su falta de compasión, esa consigna que se repitió hasta el extenuamiento en esos años y que sirvió para justificar el plan de exterminio que llevó a cabo la dictadura: «Algo habrán hecho».

El tío Juancho pasó el mes de febrero con nosotros. Se levantaba al alba para decir misa en una capilla de la catedral de Villarrica y nos esperaba leyendo en el living, con su pelo engominado, la camisa celeste de manga corta y cuello sacerdotal. Los diarios llegaban desde Santiago después de las once. Para que los tres adultos pudieran leerlos al mismo tiempo y resolver los crucigramas —a los que el tío Juancho y mi madre eran apasionadamente aficionados—, se compraban dos Mercurios y dos Terceras. El paisaje de la una de la tarde, la hora en que Samuel y yo terminábamos de ducharnos y nos preparábamos para almorzar, era siempre el mismo. Mi madre, mi padre y el tío Juancho sentados en los sofás de mimbre, con un diario en las manos. Me daba gusto cuando Susanna se reía del tío Juancho porque ella era capaz de encontrar la palabra que completaba el crucigrama antes que él. Yo merodeaba para ver si había algo de aperitivo. De la cocina salía olor a fritura, promesa de empanadas de queso. Las preparaba Aurora, la menor de una familia de nueve hermanos que tenían su casa en la parte alta del pueblo. No debió de tener más de catorce años cuando comenzó a trabajar con nosotros durante los veranos. Poseía una sonrisa dulce y unos ojos pequeños y vivaces. Mi madre nos advertía diciéndonos:

—Niños, no vayan a molestar a la cocina, miren que la Aurora está ocupada.

Susanna aún nos llamaba niños, a pesar de que Samuel iba a cumplir dieciséis años, le crecía barba y tenía músculos. Aunque en mi caso no estaba tan equivocada. Pese a ser alto para mi edad, seguía siendo imberbe, con un cuerpo sin forma y la mirada ingenua. Un niñato que con cualquier pretexto se tomaba de la mano de su madre.

—¿No te parece raro que los diarios traigan tan pocas noticias y estén repletos de tonterías que no les interesan a nadie? —preguntó el tío Juancho mirando a mi padre.

—Prefiero eso a que traigan malas noticias.

—Por lo mismo lo digo. ¿No será que simplemente no están publicando las malas noticias? Está claro que prohibieron las que no les convienen al gobierno. Ni una palabra de las ejecuciones, ni de los allanamientos, ni de las diferencias de opinión. No debe de ser fácil gobernar entre cuatro generales, acostumbrados a mandar cada uno a su gente sin que nadie los mande a ellos.

—Al contrario, saben de qué se trata mandar y obedecer.

—El arzobispado organizó el Comité Pro Paz para darles amparo a las víctimas.

—Si el cardenal se está involucrando personalmente —dijo Susanna—, el asunto tiene que ser bastante grave.

—No hay nadie más que quiera involucrarse, porque tienen miedo. Rezo para que estos tipos no se atrevan a detener al cardenal.

—Mis amigos industriales consideran que el cardenal es rojo.

El sacerdote se sonrió.

—Seguro que tus amigos encuentran rojo hasta al Papa.

—Susanna, ve si están listas las empanadas.

Mi padre se levantó del sillón de mimbre y se acercó a la ventana, dándole la espalda al tío Juancho. La oscuridad del lago y el viento norte presagiaban lluvia. Se llevó las manos a la espalda y lanzó un quejido.

—Yo también tuve miedo.

Lo dijo sin alterarse. El tío Juancho reaccionó con la voz comprensiva que empleaba cuando nos recibía en confesión.

—Los recursos con que tú enfrentaste el miedo fueron muy diferentes a los de quienes son perseguidos ahora.

Susanna apareció con las empanadas, Ricardo tomó una al vuelo y se llenó la boca con ella. Por el brusco balanceo de su cabeza, seguramente se quemó con el queso caliente, pero se guardó la protesta.

Un rato después del almuerzo se puso a llover. El tío Juancho me pidió que trajera el tablero de ajedrez. Él me había enseñado a jugar a los nueve años. De sus labios había aprendido conceptos como enroque, jaque y jaque mate, diagonales y columnas, aperturas y defensas. Mis padres se habían ido a dormir siesta y Samuel estaba en el segundo piso. En una de las primeras jugadas cometí un error estúpido y me dio jaque mate. Recuerdo sus palabras, porque las dijo como si estuviera pensando en algo más:

—De cien partidas te voy a ganar las cien, porque yo sé algo que tú no sabes.

Esa sola frase me espoleó para seguir estudiando por mi cuenta. Mi primer libro de ajedrez fue el de Rene Letelier, el único maestro internacional que tuvo Chile por muchos años, una introducción al ajedrez competitivo, con ejemplos de partidas de grandes jugadores de la historia. Después leería las partidas más famosas de Alekhine, admirado de sus gambitos, y las nociones de Capablanca, el gran maestro cubano que me fascinó con su juego moderno y defensivo. A los veintidós años jugué mi última partida con el tío Juancho.

—Ahora eres tú el que sabe algo que yo no sé –dijo cuando rindió su rey.

11. 1974

En el último cajón del clóset de Samuel, encontré unas siete u ocho revistas *Penthouse*. Fue al regreso de las vacaciones. Las revisé minuciosamente por si encontraba algo que me calentara, por cierto algo distinto a las «monas piluchas» recostadas en sus páginas centrales. Mis primeros hallazgos fueron los avisos que promocionaban aparatos para agrandar el pene. La sola idea de un tipo metiendo el suyo dentro de uno de esos tubos de vacío me excitó, e imaginar que alguien deseara tenerlo más grande me excitaba más todavía. Por lo común terminaba encerrado en el baño, masturbándome. Esa clase de avisos ocupaban los márgenes de las últimas páginas de la revista, publicadas en blanco y negro, y me consideraba afortunado si alguno de los recuadros contenía un sonriente modelo semidesnudo, con el aparato en las manos.

Pero las revistas *Penthouse* me dieron mucho más que esas migajas. En la sección Forum de una de ellas, ubicada en la parte inferior de las páginas editoriales, donde se reunían los supuestos testimonios eróticos de los lectores, encontré la historia de un tal Eric, que contaba más o menos lo siguiente:

La hermana de Eric tenía un nuevo pretendiente, un californiano de diecinueve años, parte del equipo de vóleibol de la universidad estatal. Era un tipo alto, moreno. Eric lo consideraba «su amigo», pues le permitía manejar su moto de vez en cuando. El protagonista se describía a sí mismo como un joven de trece años —un año más que yo—, pelo rubio muy claro, ojos verdes y un físico bien desarrollado para su edad. Durante una de esas noches húmedas y calurosas que debían soportar durante el verano del Medio Oeste, Eric no conseguía dormir. Decidió bajar a la cocina para tomar un vaso de leche fría. Sus padres habían salido. Desde la cima de la escalera oyó gemidos que provenían del estar. Bajó en puntillas y se sentó en un peldaño. Desde ahí tenía una visión parcial de la sala. Pudo ver que Spencer, de rodillas sobre el sofá, con su hermana tendida bajo él, se abría los pantalones y desembarazaba una verga enorme. Su hermana se convirtió en el centro de las envidias de Eric, al verla tragársela y gozar chupándola con gusto. Luego Spencer se acomodó sobre ella y la penetró. Con solo mirar, Eric tuvo un orgasmo. Al abrir los ojos, aún mareado por el golpe de calentura, se encontró con Spencer de pie ante él, solo con los calzoncillos puestos.

—No sabía que te gustara mirar —dijo Spencer.

Eric fue incapaz de levantar la vista. Quería correr y esconderse debajo de la cama.

—Perdona —dijo por fin.

—Está bien.

—No lo quise hacer. Iba a la cocina a buscar un vaso de leche.

—¿Te gustó? —preguntó Spencer con una sonrisa.

Eric se atrevió a levantar la mirada. No podía creer que el tono insinuante de Spencer fuera sincero, pero el brillo de complicidad que brotó de sus ojos oscuros lo convenció de que hablaba en serio.

—Sí, me gustó.

—¿Y te gustaría probar? —Spencer se acarició la protuberancia bajo los calzoncillos. Eric no contestó, pero tuvo el deseo de estirar la mano y tocarlo—. Ven, vamos a tu baño.

Tomó cariñosamente de los hombros y lo empujó por la cintura escaleras arriba. Apenas estuvieron dentro, Eric le dio la primera chupada a una verga, y no se trataba de cualquiera, era una de las mejores que tendría dentro de su boca en toda su vida. Piel suave, con la cabeza voluminosa y purpúrea, las venas perfiladas en el tronco. Spencer acabó en su boca y la esperma caliente y salada consiguió que Eric se encabritara y tuviera por segunda vez un orgasmo sin necesidad de tocarse. Luego sucedió algo más inesperado aún. Spencer dijo ser un hombre de honor y, si él había gozado gracias a Eric, estaba dispuesto a devolverle la mano. La verga de Eric, más clara que la de Spencer, de menor tamaño pero bien proporcionada, en verdad voluminosa para su contextura física, recibió una potente chupada de Spencer, y no necesitó recurrir a ninguna triquiñuela para hacerlo acabar por tercera vez. Spencer también recibió la esperma de Eric con placer y al tragársela aceleró el ritmo de su propia masturbación para terminar unos instantes después.

La llamada de su hermana desde el primer piso los sacó de su mutua diversión y quedaron en verse de nuevo. Eric no durmió en toda la noche. Pensaba en las cosas que experimentaría al día siguiente, cuando Spencer lo pasara a buscar a la salida del colegio.

—Iremos a un lugar donde tendremos tiempo para hacer otras cosas —había dicho Spencer cuando salió del baño.

Esa fue la primera historia de sexo entre hombres que leí y debo de haberlo hecho cientos de veces. A pesar de ser del todo inverosímil, se convirtió en mi fantasía de cabecera durante un año y estímulo infalible para masturbarme.

Para llevar la revista al baño, tenía que sacarla del dormitorio de mi hermano y después ponerla de vuelta en su lugar, sin que él ni mi madre se dieran cuenta. La mejor ocasión era o un martes o un jueves después de almuerzo. A esa hora Samuel estaba en clases —yo aún iba en octavo y la enseñanza media salía más tarde esos días— y mi madre se quedaba en el estar viendo teleseries. El lugar era siempre el baño que quedaba al final del pasillo de los dormitorios. Como estaba lejos del estar, hasta podía gemir sin que Susanna me oyera. Y si llegaba a venir, su taconeo sobre el parqué la delataría. En total no me demoraba más de cinco minutos, y después iba a sentarme a su lado, frente al televisor, para no despertar sus sospechas. Una tarde me preguntó dónde había ido y le contesté que al baño. Nunca se sabía con Susanna, así que la mentira debía parecerse lo más posible a lo que en realidad había ocurrido. Lo encontró raro. Yo era el único de la familia que iba al baño «largo» después del almuerzo. Ese comentario bastó para que dejara de masturbarme durante unos días, incluso llegué a pensar que, en su afán por saber todo lo que sucedía en la casa, era capaz de ir al baño después de mí, para asegurarse por el olor de que en realidad se trataba de una visita «larga». Pronto la tentación me venció, y una semana más tarde estaba de nuevo obsesionado con la revista. Recuerdo que a continuación de las dos teleseries de la tarde, daban «Cine en su casa», un espacio de películas, por lo general añejas, que yo veía asaltado por una mezcla de alivio y culpa, sin prestarle mayor atención a la trama. Cualquiera fuera la historia, actuaba como una lenta recuperación de mi inocencia. Pasaban a menudo películas que tenían a Rock Hudson de protagonista y esas sí concentraban toda mi atención, incluso podría decir que estaba enamorado de él. La chocante manera de enterarme de su homosexualidad, a causa de su muerte de SIDA en el año 84, fue difícil de tragar. Había pensado en él como un ideal imposible y me enteré de que sí era posible cuando ya estaba muerto y estigmatizado por la enfermedad. No tuve fantasías sexuales con Hudson, aunque sí me imaginaba abrazado a él por la cintura mientras me llevaba a caballo a recorrer enormes extensiones de su propiedad, como en la película *Gigante*. Las películas románticas eran las únicas que me podían distraer de mi fanatismo por la masturbación, de la historia de Spencer y Eric, de las miles de posibilidades que mi mente componía para esa cita que tenían acordada para el día siguiente, a la salida del colegio.

Una de esas tardes de martes o jueves fui hasta la pieza de Samuel, abrí el cajón despacio para evitar crujidos delatores y levanté las seis revistas que estaban encima de la que me interesaba. Cada vez tenía el cuidado de memorizar el orden, de modo que mi hermano las encontrara tal cual las había dejado. Dado que su posición no había variado en meses, creía que él había perdido interés en ellas. Mientras sacaba la que tenía a la pelirroja de tetas enormes y piel cobriza en la portada, oí la voz de Susanna desde la puerta.

—¿Qué haces intruseando en los cajones de tu hermano?

¡Cómo no la había oído venir! Creí que no había salvación posible. Mi madre descubriría todo. La impresión fue tal que desde mi posición acuclillada pasé a quedar sentado en el suelo, la mirada atónita, la revista en las manos. Debo de haber perdido el color de la cara, porque tuve que acordarme de respirar para no desvanecerme.

—Estaba buscando unas fotos del sur que Samuel me dijo que tenía guardadas aquí.

Mi madre me arrebató la revista de las manos, detuvo sus ojos en la portada lo justo y lo necesario para identificar de qué se trataba y me ordenó que saliera de la pieza inmediatamente. Me costó convencerme de que salir en ese momento fuera buena idea. Susanna me iba a borrar la cara de una cachetada. Tenía la espalda rígida, como si una estaca la hubiera atravesado de arriba abajo. Me escabullí entre su cuerpo y el marco de la puerta y me encerré en mi pieza, atormentado por la mentira y la vergüenza.

Esa noche oí sus lamentos cuando llegó mi padre, y, más tarde, después de comida, ya acostado, oí el cachetazo que le propinó Ricardo a Samuel mientras le decía que a ver si eso le enseñaba a no tener cochinadas en la casa. Samuel le gritó que era un viejo de mierda y mi padre lo golpeó otra vez. Tuve miedo, las palabras de mi hermano presagiaban venganza y quien a fin de cuentas debía pagar era yo. Me recogí sobre mí mismo dentro de la cama y quise permanecer así para siempre.

Seguí en estado de alerta durante toda la semana, pero al parecer Samuel no se enteró de que había sido yo el culpable del descubrimiento y mis padres no volvieron a tocar el tema. Una tarde en que Susanna había salido, fui a la pieza de mi hermano y revisé hasta el último rincón del clóset. Eric y Spencer ya no estaban ahí.

12. 1975

La primera vez que me llevaron a la Feria Internacional de Santiago —conocida por todos como la FISA— fue en 1968. Recuerdo mi entusiasmo cuando vi los muñecos inflables de los chocolates M&M's y la cara de asombro que puso Samuel cuando vio los autos último modelo estacionados a la entrada del stand de Estados Unidos. Ese año la URSS trajo una de las famosas cápsulas Sputnik. Apenas pude verla entre la horda de niños que buscaban acercarse a ella. Aún conservo el álbum de estampillas que me compró Ricardo, cuyo tema era precisamente el programa espacial de las repúblicas soviéticas, con retratos de astronautas —Yuri Gagarin, el primero—, ilustraciones de las cápsulas de los diferentes proyectos e imágenes de los sitios de lanzamiento. La FISA se realizaba en un gran predio de la comuna de Maipú, que en ese tiempo todavía se concebía como un pueblo separado de la ciudad, y hasta para mí era claro que Estados Unidos y la URSS libraban la guerra fría también ahí, a la vista de todos, cada imperio queriendo impresionar más que su contrincante a la muchedumbre que recorría los stands.

Para 1975 ya no estaba ni la URSS, ni Checoslovaquia, ni Polonia, ni Suecia, asistentes habituales hasta el 72. Como si la intención fuera compensar las ausencias, el stand de Estados Unidos había crecido y a nadie le cabía duda de que era la gran y casi única atracción de la feria. Cada octubre nos subíamos los cuatro al Fiat 125 y partíamos un domingo a pasar el día allá. La promesa de almorzar en el restorán München, atendido por hombres y mujeres disfrazados de campesinos bávaros, nos hacía pensar en perniles, papas fritas, gordas y chuletas ahumadas. En el camino, pasábamos por fuera de Comper, y mi madre, Samuel y yo seguíamos con atención reverente el zigzagueo de su techo industrial. Significaba tanto para nosotros y al mismo tiempo nos resultaba tan ajena.

Una multitud acudía los fines de semana, por lo que teníamos que estacionarnos lejos, en las bermas inclinadas y polvorientas que corrían junto a la carretera a Melipilla, siguiendo las direcciones de un hombre que hacía flamear un trapo en el aire. Llegábamos a la entrada de la feria con los zapatos entierrados. Ese año tenía la particularidad de que Comper había puesto un stand dentro del galpón de la Sociedad de Fomento Fabril. Creo que le oí decir a Ricardo que para las empresas chilenas se había vuelto imperativo estar presentes, pues era una forma de mostrarle al público que no habían quebrado, que todavía tenían un lugar en ese mundo nuevo que pregonaba la Junta, con las consignas del progreso y la innovación.

Debido a la política de shock impuesta por los Chicago Boys se había desencadenado una crisis económica difícil de soportar para muchas industrias y unidades productivas. Ocurrieron varias quiebras entre gente cercana a mi padre, él mismo junto a su socio estuvieron a punto de irse a la bancarrota por un repentino estrangulamiento financiero. Fueron los militares los que vinieron en su ayuda. A través de la Corfo les ofrecieron un crédito blando a cambio de que absorbieran personal de otra empresa del sector metalúrgico que no tenía salvación alguna.

Mi padre había asistido a la inauguración de la FISA ese año. Aquí tengo conmigo una foto de Ricardo saludando a Pinochet con una sonrisa que le desborda los rasgos, sus lentes brillando bajo la luz artificial del stand. Sobre su cabeza flota el logo de Comper. Pinochet no lo mira a los ojos, sino hacia delante, como si lo saludara de pasada. Al volver a la casa, mi padre contó repetidas veces que Pinochet lo había reconocido —¿quizá de alguna fotografía en el diario, de la decisión personal de ayudar a Comper, de los registros secretos de la DINA?— y que le había preguntado con esa voz que me sonaba mezquina e irritante: «¿Cómo les va, Ricardo?», a lo que él había contestado sin soltarle la mano que les iba bien y que estaban muy agradecidos de la ayuda de la Corfo. Pinochet había dejado escapar una risita, que debió de ser la misma risita astuta con que intimidaba a los periodistas, y había rematado el brevísimo encuentro con un «me alegro». Samuel le preguntó si Pinochet había visto los nuevos perfiles que estrenaron para la feria, pero mi padre negó con la cabeza. Eso qué importaba.

Tengo la sensación de entrar en la foto, de recorrerla. El tío Flavio está al lado de mi padre, con esa aura encantadora iluminándolo. Advierto la diferencia entre las sonrisas de uno y otro. Ricardo representa el papel de un empresario orgulloso del trabajo bien hecho. En cambio, Flavio sonríe para seducir a Pinochet, para caerle bien, para abrazarlo con la sonrisa y ojalá con sus enormes manos. Flavio sonreía la mayor parte del tiempo, excepto cuando se dejaba llevar por un brote de mal genio y soltaba una sarta de garabatos en italiano. Ese hombre sonreía para convencerte de que era un buen tipo, que lo era, a pesar de las malas pulgas; que era confiable, que lo era, a pesar de su apariencia de embaucador; y por sobre todo, para mostrarles a quienes se cruzaran en su camino que su sonrisa no era complaciente, sino más bien un ejercicio de autoridad. Claro que no pretendía imponerse a Pinochet, pero quería demostrarle que compartían la misma naturaleza. Porque a Flavio le gustaba mandar. Al único de su entorno que no podía someter era a mi padre. Pedro, que ya trabajaba en la fábrica, me contó alguna vez que Ricardo lo hacía callar con una tranquilidad de ánimo admirable, como si Flavio, en su fuero interno, de pronto se viera a sí mismo como un charlatán arrepentido de sus excesos. Cuando se habían hecho socios, mi padre era diez años menor que él y menos experimentado en las lides empresariales; sin embargo, también tenía sentido del poder. En sus territorios ejercía el mando a través del conocimiento de los detalles, de los límites, de la medida. Era más temeroso, sin duda, temía cuanto estuviera fuera de su control. No como su socio, que se sentía atraído por los territorios sin conquistar, las jugadas riesgosas y los negocios impensados. Cada uno a su manera debió de sentir que la vida adulta consistía en un ejercicio de mando y que sin autoridad no había empresa que resultara rentable. Para ellos, el éxito entrañaba subyugar voluntades a su alrededor. Aceptaban ideas, propiciaban carreras de profesionales bajo su patronazgo, se daban abrazos con mucha gente, pero al final se hacía lo que ellos ordenaban. Creo que esa fue la razón detrás de haberle sonreído a Pinochet con tanto entusiasmo. Genuinamente creían que la única forma de enrielar al país era ejerciendo una autoridad incontestada. Si la gente esperaba que Pinochet sacara a Chile de la crisis política y económica, había que dejarlo hacer.

Mi padre y Flavio congeniaban en muchos aspectos, sobre todo confiaban el uno en el otro. Ricardo reconocía en su socio las capacidades de entrever una oportunidad, de conquistar un aliado, de dar un paso decidido. Flavio a su vez encontraba en Ricardo la sensatez y la precisión que su carácter expansivo le escamoteaba. Habían confiado el uno en el otro desde el primer momento. Esa confianza mutua se soldó con firmeza cuando, con el fin de asociarse y trabajar juntos, ambos renunciaron a una situación más segura y mejor remunerada. Mi padre había abandonado el colegio en cuarto de humanidades para entrar a trabajar a Indumet con el tío Bruno, y a los veinticuatro años había llegado a ser el administrador general. Fue ese el cargo al que renunció cuando decidió formar su propia empresa con un socio. El tío Flavio por su parte había dejado de ser el gerente comercial de la empresa de sus primos.

Flavio era igual de panzón que mi padre, pero tenía un cuerpo más robusto, como si debajo de la obesidad aún sobreviviera la musculatura de su juventud. Una corona de crespos, que en su tiempo fueron dorados y ya a los sesenta y cinco años se habían vuelto blancos, ornaba su calva. Ricardo en cambio mantenía todo su pelo negro y liso. Los dos eran igualmente ansiosos y se tragaban todo lo que les pusieran por delante. Estiraban la mano y tomaban cuanto se les ofrecía, sin los mejores modales. Actuaban con avidez y bonhomía: no como pillos que comen a escondidas, sino como unos señores hambrientos ante una buena mesa, compartiendo el gusto de hallarse acompañados. Comían con los dedos si era necesario y les gustaba quedarse con la mejor parte.

Ese día de nuestra visita a la FISA, la primera parada fue en el stand de Comper. En el recuerdo me parece un lugar espacioso y bien iluminado, atendido por señoritas sonrientes, vestidas con traje de dos piezas color café y el pelo tomado en un moño. Todo muy militar, ahora que lo pienso. Vuelvo a mirar la foto y compruebo lo equivocado de mi recuerdo. Los paneles del stand están mal yuxtapuestos, una viga ligera cruza desnuda el centro del local, la iluminación es a la vez pobre y cegadora. No se trata sino de un espacio estrecho con los perfiles en exposición cruzando sin ritmo ni gracia sus paredes. Nada, ni siquiera el logo de Comper hecho en metal cromado, logra vencer el aire de improvisación y provisionalidad. Nada, ni siquiera esas sonrisas satisfechas, le quitan a la foto su carga ominosa.

13. 1976 y 1977

Mariano pasaba mucho tiempo en mi casa. Íbamos al mismo curso y su familia tenía amistad con el tío Juancho. Era el menor de once hermanos y el único que todavía vivía con sus padres en una casona de Ñuñoa. Ahí no estaba sujeto a ningún código de conducta ni existía un ambiente que pudiera asociarse con un hogar acogedor. Acechados por una vejez prematura, sus padres pasaban la mayor parte del tiempo en su cuarto. Para mí fue una sorpresa que él fuera solo a comprarse los útiles y que tuviera que prepararse la colación. Su madre había perdido movilidad después de una fractura de cadera y su padre no era capaz de centrar su atención en esas minucias que nunca antes habían sido de su responsabilidad. Mi madre quería a Mariano de manera especial. Afirmaba que, aún siendo de mi misma edad —habíamos cumplido hacía poco catorce años—, era como un hermano mayor para mí, más maduro y más juicioso. Si él me acompañaba, me daba permiso para salir fuera de las fronteras habituales del barrio y el colegio. Era cierto que se veía mayor que yo, tenía un aire mesurado y su rostro piadoso descartaba la posibilidad de que un mal pensamiento cruzara su mente.

El verano que siguió a primero medio, durante la segunda quincena de enero de 1976, fue conmigo a Villarrica. Susanna se había instalado allá y mi padre y el tío Juancho se nos unirían en febrero.

Samuel también había ido con un compañero de curso de ingeniería. Mientras no estuviera el tío Juancho, podíamos dormir dos en una pieza y dos en la otra. Cuando no salíamos a pescar, a eso de las ocho, el sol daba de lleno en la pequeña ventana del segundo piso. Las cortinas delgadas y colorinches proyectaban una atmósfera psicodélica dentro del dormitorio. Afuera, los tiuques chillaban subidos a los manzanos de la casa vecina. No era raro que pasáramos un rato despiertos bajo esa luz, a la espera de que el sol se elevara y nos dejara dormir un rato más. La pieza se caldeaba y nosotros nos quitábamos de encima las dos frazadas con que nos cubríamos durante la noche. Mariano quedaba en polera y calzoncillos. No era raro que al destaparse tuviera una erección. A mí también se me paraba, pero me ponía boca abajo para que no se me saliera por la apertura del piyama. Me habitaba una excitación vaga, pero ninguna idea nacía de ella. Solo me mantenía atento a los chillidos de los tiuques.

Un día Mariano se pasó la mano sobre su erección como si estuviera estirándose y me dijo:

—¿Corrámonos la paja juntos?

—¿Cómo juntos?

Se rio.

—Que nos la corramos al mismo tiempo.

Se bajó los calzoncillos y comenzó a masturbarse con los ojos cerrados. Tenía más pelos que yo, con la piel del pene más oscura que la del resto del cuerpo. Hizo un gesto de insistencia con el mentón para que me la corriera. Tuve que cerrar los ojos para vencer el pudor.

Seguimos haciéndolo cada día. A la tercera o cuarta vez comenzamos a mirarnos, al principio tentados de la risa, pero ya después tomados por una forma de seriedad que no conocíamos.

Una tarde fuimos a bañarnos al lago. Primero llegamos hasta el final del muelle de don Luis, y luego para hundirnos hasta el pecho, tuvimos que avanzar dentro del agua unos quince o veinte metros más. Nos divertía ver cómo huían los alevines bajo nuestros pasos cada vez más lentos y largos. El fondo no era ni de arena ni de fango, sino de una lama nada agradable al tacto de la planta de los pies. Hacía calor y no corría viento. Un par de estáticos veleros se perfilaban contra el horizonte. Desde lejos nos llegó el bullicio del gentío que repletaba la playa de Pucará. Estuvimos flotando un rato largo, a veces nos hundíamos para bucear. Fantaseábamos con ver el lomo plateado de un salmón brillar bajo el agua. Cuando regresamos, nos comimos un pan con mantequilla en la cocina y después fuimos a sacarnos los trajes de baño a la pieza. Estábamos solos. Mi madre había ido a almorzar con mi madrina, Aurora había vuelto a su casa, Samuel y su amigo habían partido a Pucón en el nuevo auto de mi hermano. Nuestras masturbaciones matutinas me dieron la valentía para mirar a Mariano mientras se desnudaba. Le habían salido pelos en el pecho el año anterior y su cuerpo ya revelaba la línea de sus músculos. En un primer instante me apresuré a buscar los calzoncillos entre mi ropa, pero una mirada curiosa de parte de Mariano me hizo cambiar de idea. ¿Y por qué no?, ¿qué de malo había en que me paseara con una erección? No era ningún misterio para él.

—¡Qué rico estaba el lago! —dije simulando un aplomo que no tenía.

Me latía el corazón desbocado. Lo estaba provocando, podía tomarlo a mal, podía implicar que no quisiera seguir siendo mi amigo, pero igual fui hasta el velador que había entre las dos camas, junto al que estaba Mariano, apenas tapado con la toalla que colgaba de sus manos. Simulé que buscaba algo entre los papeles que había dentro del cajón y sentí el olor del lago brotarle del cuerpo. Él no le sacaba los ojos a mi erección. Estiré el brazo con brusquedad y le pasé la mano por los pendejos. Él estiró su mano y me acarició el pene casi con ternura. Nos sentamos en su cama, tocándonos primero y luego masturbándonos el uno al otro. Yo quise besarlo pero me contuve.

Lo hicimos dos veces más antes de que tuviera que ir a dejarlo a la puerta del bus Igi Llaima que lo llevaría de regreso a Santiago.

La intensidad de nuestros encuentros aumentó de manera discreta, como si subiéramos una escalera. El primer escalón, caricias y masturbación mutua; tres meses más tarde, chupadas mutuas; pasados otros tres meses, convencidos de que ya habíamos ido demasiado lejos, aquello que recuerdo más vivamente, nuestro primer beso. Fue breve, pero lo suficientemente significativo como para que Mariano se abriera a la posibilidad de seguir besándonos. Nuestros encuentros ocurrían por lo general en mi pieza o en el baño, dependiendo de quién estuviera en la casa. Si estaba mi madre, entonces era necesario encontrar un muy buen pretexto para encerrarnos en el baño y pajearnos a toda velocidad; no podíamos echarle llave a la puerta de la pieza porque ella me lo tenía prohibido. Ocasiones no nos faltaban, una vez me lo chupó hasta hacerme acabar en una esquina oculta de la piscina; otra vez se lo chupé debajo del agua y en una de mis salidas a respirar vi venir a la nana Juanita, que por suerte no alcanzó a darse cuenta de nada.

El cuarto escalón fue cuando Mariano quiso metérmelo. Hasta entonces siempre había sido yo quien había impulsado los avances, incluso pensaba que Mariano se dejaba llevar a regañadientes. Para mí fue una sorpresa enorme. Yo deseaba que me lo metiera, pero nunca me habría atrevido a proponérselo. Estábamos en mi pieza, un sábado en la noche, mis padres habían salido a comer y Samuel no llegaría hasta una hora antes del toque de queda. Nos costó trabajo acomodarnos, encontrar una posición que fuera confortable. Decidimos que lo mejor sería que me lo metiera desde atrás, mientras yo permanecía tendido boca abajo. Al principio fue doloroso. Lo obligué a sacármelo un par de veces, pero volvíamos a intentarlo. Llegó un minuto en que me hice indiferente al dolor y dejé que Mariano tomara ritmo y acabara dentro de mí. Apenas dejó de moverse, bastó un poco de masturbación para que yo también eyaculara.

Esa noche me sentí culpable como no me había sentido desde el tiempo en que me masturbaba con la historia de Eric. Creí que había hecho algo abominable. Antes de acostarme, me arrodillé ante la cama y le pedí a Dios que me quitara el deseo por los hombres. Yo estaba dispuesto a sacrificar cualquier cosa si Él me permitía liberarme de lo que había comenzado a temer como una condena de por vida.

Desde esa tarde en adelante Mariano quiso metérmela cada vez y yo no me negué. Llegamos a acabar juntos y hacerlo en todas las posiciones posibles. Los ruidos que salían de su garganta, las contracciones de su rostro y los espasmos de su cuerpo me llenaban de placer y me sentía cada vez más apegado a él, como se sentirían apegados una pareja de novios. Con la diferencia de que nosotros salíamos de la habitación y volvíamos a ser compañeros de curso, solo amigos, sin que hubiera rastro alguno de una relación sentimental. Volvíamos a ser los compinches de colegio que se sentaban juntos en el patio y que se dejaban despeinar cariñosamente cuando el tío Juancho cruzaba el pasillo a nuestras espaldas. Nunca hablábamos de lo que hacíamos, sencillamente ocurría: no había palabras para eso.

Un fin de semana en que sus padres se fueron al campo de uno de sus hijos, Mariano me invitó a su casa, pero me advirtió que no había nada de comer. Aunque no lo dijimos, ambos supimos que se nos presentaba una oportunidad. Hasta tuve la ilusión de que podríamos tirar más de una vez, lo que no había ocurrido nunca porque, apenas terminábamos, nuestro otro yo, el de afuera, se hacía fuerte y expulsaba de nosotros cualquier asomo de cariño y sensualidad. Yo llevaba meses pidiéndole a Mariano que me dejara penetrarlo. Se lo pedía cuando empezábamos a besarnos, pero él se sonreía y negaba con la cabeza. Quizás el hecho de estar en su pieza, rodeado de sus pesados y añosos muebles, y de que tuviéramos toda la casa para nosotros, le dio la confianza necesaria para hacer el intento. Como si estar en lo suyo le permitiera tomar una posición que en otro lugar lo habría hecho sentir avergonzado. Fui cuidadoso, para que no le doliera. Resultó más fácil de lo que creí. Mariano estaba especialmente caliente. El hecho de que fuera una especie de rito de iniciación le había despertado unas ansias que de otro modo habría mantenido a raya. Lo penetré de frente, mirándonos a la cara, con sus pantorrillas apoyadas en mis hombros. Me bastaba con la expresión de sus ojos para saber si detenerme o seguir. De pronto dejó de mirarme y se abandonó al placer. Los espasmos se apoderaron de su cuerpo. Con solo un par de golpes de cadera en medio del silencioso orgasmo de Mariano, eyaculé con una arrebatada sensación de victoria. Era la primera vez que me tiraba a alguien, por fin perdía mi segunda virginidad. Me quedé dentro un minuto. No quería separarme de él. Quise besarlo. Mariano me miró con ojos muy abiertos. Era una mirada absorta y a la vez agresiva. Sin decir palabra, se echó a un lado y fue al baño a limpiarse. Cuando volvió, me dijo:

—Prefiero que te vayas.

Era lógico, pensé, se avergonzaba por la supuesta pérdida de su virilidad. La misma clase de culpa había sentido yo. Se le pasaría en unos días, el golpe de placer podría más que la desazón. Yo seguía sintiendo culpa por lo que hacíamos, pero de una clase diferente. Cometíamos un pecado en contra de Dios y nuestras familias. Pero no en contra de mí mismo, mi hombría ya no estaba en juego. Al contrario, cuando más hombre me sentía era cuando tiraba con Mariano. Me fortalecía. Me recordaba quién era yo.

A partir de esa tarde Mariano se empeñó en hundir hasta quizá qué sótanos su deseo homosexual y se dedicó con furor a afirmar su heterosexualidad, con particular ahínco si yo estaba presente. Era penoso cuando en las fiestas de cumpleaños de nuestros compañeros de curso hablaba de las minas que se había tirado o cuando promovía excursiones a casas de putas. Por lo mismo yo tuve que convertirme en un animal astuto, atento a cualquier distracción de su presa. Acechaba los movimientos de Mariano a la espera de que se abriera una brecha en la muralla que había comenzado a levantar. Veía cómo se alzaba y lo que en un principio era una valla fácil de trasponer fue convirtiéndose en un muro cada vez más alto. No quiso acompañarme en el verano a Villarrica y tuve que contentarme con pillarlo desprevenido tres o cuatro veces durante el año que siguió. Me acercaba a él cuando estábamos hablando de cualquier otra cosa y le pasaba la mano por el paquete. Su primera reacción era decirme, no, no quiero, ahora no, pero dejaba que le siguiera pasando la mano hasta que se le ponía dura. Le decía que fuéramos a mi pieza y él insistía en su negativa cada vez más débil. El trayecto era el enlace más vulnerable. Si se enfriaba y lograba ponerse de nuevo la careta, me quedaría con las manos vacías. La primera vez que intenté seducirlo de esa manera, me dejó colgado a mi calentura justo antes de entrar a la pieza. Una vez cerrada la puerta sabía que no podría librarse de mí. En las ocasiones que siguieron, me preocupé de caminar junto a él sin sacarle la mano del paquete. Más allá del umbral me lanzaba en picada a chupárselo. En esa época de creciente impotencia, elucubraba estratagemas para emboscarlo. Debía estar atento a sus momentos de debilidad: era solo un instante, una sonrisa permisiva, un gesto sutilmente lujurioso que solo yo podía detectar, una tenue luz a través del muro que debía advertir a tiempo. Llegó el día en que mi maltratado orgullo me salvó de volverme loco y seguramente de cosas peores. Fue cuando Mariano no me dejó que lo besara. Esos besos eran los últimos restos de ternura que subsistían entre nosotros. Con esa negación me enrostraba que se sentía obligado a tirar conmigo. Él me daba lo que yo pedía, un polvo, pero no tenía derecho a nada más. No fuera a pensar yo que me quería porque nos acostábamos. No, al contrario, me detestaba cada día más, eso que hacíamos iba en contra de su voluntad, y si lo empujaba a ello, al menos debía tragarme la vulgaridad y el automatismo. Esa última vez, me dijo:

—Ya, échate ahí para que te lo meta. No, no me des besos, ya hueón, quédate tranquilo, no me toques.

Cuando acabó, ni siquiera esperó a que yo terminara para comenzar a vestirse. Me sentí absurdo masturbándome mientras él me daba la espalda y se ponía la camisa.

Al final de ese año, tercero medio en el colegio, Mariano se hizo amigo de un nuevo compañero de curso, Felipe Rodríguez. Quizás esa predilección fue lo más doloroso de nuestro alejamiento. Dejé de ser su mejor amigo, su yunta, su compañía de tardes, noches y fines de semana. Con la idea de conquistar mujeres en alguna fiesta o cumpleaños, él y Rodríguez salían juntos cada vez más seguido. Subidos a la moto de Rodríguez, esperaban la salida de las alumnas del Universitario Salvador o del Compañía de María, que quedaban cerca de nuestro colegio, y los fines de semana iban a pasear por avenida Providencia. Su frialdad en el teléfono se volvió intolerable. No me importaba que saliera con mujeres, no me afectaba en nada. Pero me había dejado solo. Había sido tal mi dedicación a Mariano durante esos dos años que había perdido contacto con mis demás compañeros. No había nadie aparte de él a quien yo le importara. Como un efecto de vasos comunicantes, a medida que Mariano se fue alejando de mí, una creciente melancolía me inundó, llegándome a las narices esa tarde en que me trató mal, sin despedirse al acabar. Cuando salió, cerré la puerta de mi pieza de una patada. Finalmente pude llorar, vaciar la amargura que me había causado la humillación sostenida. Pasé tres días en cama, tratando de no pensar, solo aparecía a veces la imagen de Mariano viniendo a salvarme, a pedirme disculpas, pero cuando volvía la cara hacia él era tal su indignación que me ponía a tiritar. Cuando me recuperé, me sentí un poco más dueño de la situación. La alquimia del orgullo había transformado el miedo en una rabia espesa, a borbotones, como cuando el carburo reacciona con el agua. Llegué a imaginar una venganza. Me haría amigo de Rodríguez y un día le diría a la pasada que yo estaba convencido de que Mariano era maricón.

14. 1977

Lo habitual era que mi padre llegara pasadas las ocho de la noche. Iba a su dormitorio a sacarse la chaqueta y la corbata, se lavaba las manos y luego se reunía con nosotros en el estar, a la espera de la comida. Si Samuel no había ido a estudiar donde algún compañero de universidad, nos sentábamos los cuatro en el sofá de cuero falso a ver las noticias, cada uno con su bandeja. Veíamos el 13, el canal católico, tristes porque su conductor de siempre, Pepe Abad, se había ido al noticiario del 7. La predilección por el 13 había terminado de enraizar cuando el canal hizo una agresiva oposición al gobierno de Allende, blandiendo los valores cristianos. Las alocuciones del padre Hasbún y las entrevistas guerreras de Raquel Correa se escuchaban en nuestra casa como si asistiéramos a auténticos sermones. ¡Cuánta razón tenía el cura!, exclamaba mi madre, sin imaginar que Hasbún con los años llegaría a ser un hombre ridículo. Después de las noticias, veíamos el primer programa nocturno. En 1977 se había instaurado la franja cultural y, para poder sacarle la vuelta, el canal 13 ideó un concurso de conocimientos que llamó *Un millón para el mejor*. Lo conducía Javier Miranda y lo dirigía Gonzalo Beltrán, el rey de los estelares, que había entrado en mi radar con *Kukulina Show* el 74, un festival de cantantes auspiciado por una marca de helados del mismo nombre. Yo quise participar en el concurso, pero mi madre no me dejó. Un estudio de televisión no era lugar para un niño. Tan mal ambiente que había. Poco después entró a competir el mejor alumno del curso paralelo al mío y, para mi creciente envidia, llegó hasta las semifinales. Dos años más tarde todo terminó en escándalo, porque se descubrió que el más temido de los miembros del jurado le pasó las preguntas y respuestas al ganador. Mi padre me dijo entonces: «Tuvo razón tu madre en no dejarte ir».

Poco tenía para conversar con Ricardo en esa época, parecíamos vivir en mundos aparte. Me preguntaba sobre mi vida como quien hace una pregunta al pasar, «¿cómo va, hijo?», y solo me prestaba atención cuando Susanna le pedía que interviniera en un problema de disciplina o en una decisión importante.

El último viernes de cada mes tenía lugar quizás el único rito que dibujaba nítidamente la línea de autoridad entre él y yo, el momento en que le entregaba la libreta de notas. Como los viernes Ricardo llegaba más temprano de la fábrica, se hacía el tiempo para encontrarse conmigo a solas en el estar. Revisaba las notas en detalle. Luego firmaba.

—Muy bien, hijo.

—Gracias, papá.

Yo era el mejor alumno de mi curso, mi promedio de notas fluctuaba entre un 6,7 y un 6,8.

—¿Pero por qué un 6,5 en historia y no un 7?

Resentía ese tipo de preguntas. Y si llegaba a darse el caso de que no me hubiera sacado solo sietes en matemáticas, mi padre se preocupaba de verdad. Recuerdo que mis compañeros de curso me echaban en cara que era muy competitivo. Es cierto que discutía con los profesores hasta el cansancio si no estaba de acuerdo con una nota. Y es cierto también que no participaba de ningún juego o deporte en el que me fuera mal. Llegué a pedirle a

Susanna que me eximiera de gimnasia, para que mis malas notas en ese curso no afectaran mi puntaje de entrada a la universidad. Ella me miró estupefacta y se negó de plano. Era bueno que hiciera ejercicio. Con el promedio de notas que tenía bastaba y sobraba para obtener un buen puntaje basal. Me pregunto cuánto habría de mi propia naturaleza en esos actos de codicia académica y cuánto de la necesidad de congraciarme con mi padre. Nunca me retó, jamás me sometió a ningún régimen especial de estudios, jamás lo oí quejarse de mí. Al contrario, se vanagloriaba, yo iba a ser un gran ingeniero. Pero esa pizca que faltaba para complacerlo me escocía como los coscorrones que a veces me daba cuando se enojaba conmigo, ya fuera por insistir mucho en un asunto o por ver demasiada televisión. Y claro, el académico era el único aspecto en el que yo creía que le daba en el gusto. En lo demás, la incertidumbre que él me inspiraba se iba volviendo certeza de que yo no era el hijo que quería.

Los fines de semana nos veíamos más. Me pedía que lo acompañara a hacer algún encargo de Susanna. Le gustaba pasar por Lagomarsino, donde compraba queso gorgonzola, salame, aceitunas y focaccia. De vez en cuando, llevábamos pasta fresca. Este es mi cabro, decía frente al hombre de la tienda, que siempre llevaba sombrero de chef sobre su rostro sofocado. Después íbamos a buscar al tío Juancho. Yo me bajaba corriendo a tocar el timbre y me subía en el asiento de atrás. Esa breve intimidad se esfumaba apenas entrábamos a la casa. El reloj familiar nos envolvía y lo sentía alejarse, no porque él tuviera poca presencia u opinión, sino porque pasábamos a ser parte de un mecanismo en el que ocupábamos los lugares más distantes. El tiempo en común giraba de semana en semana, pero éramos ruedas que no estaban engranadas, no había nada mío que lo hiciera girar a él, y yo giraba impulsado por la rueda de Susanna. Mis hermanos sí encontraron formas para acercarse a ese padre y resolver los conflictos que arrastraban. Sus ruedas se movían sincronizadamente. Yo no tuve esa oportunidad. Mi padre murió sin saber quién yo era. Todavía yo no sé quién fue él.

Hubo tantas decisiones que sentí injustas durante mi adolescencia. La disciplina que me aplicaban tenía mucho de método y poco de sensibilidad. Yo exigía que se me sometiera a un código diferente al de mis hermanos, uno que tomara en cuenta mis particularidades. Pero si no me conocía, si nos escondíamos el uno del otro, ¿cómo iba a administrar libertades y restricciones según una regla especial? Por eso me sentía constantemente atropellado con sus «no, porque no» y él se abrumaba con mis largas argumentaciones en defensa de los que suponía derechos adquiridos. Quería que reconociera que yo era responsable, cumplidor, bien portado. Dado mi historial, merecía mayor autonomía, pero mi padre me la negaba una y otra vez diciendo que cuando fuera grande podría hacer lo que quisiera; mientras tanto, haría lo que mi madre y él ordenaran.

Más o menos al mismo tiempo que Mariano comenzó a tratarme mal, descubrí a través del amigo de un compañero de curso, el programa Youth for Understanding, que daba becas para pasar un semestre en Estados Unidos, viviendo con una familia y asistiendo al colegio local. Fui a la sede del programa, ubicada cerca de mi colegio, al otro lado del cerro Santa Lucía. En el 26, el bus que me dejaba a cuatro cuadras de la casa, estudié toda la documentación que me habían entregado. Mi inglés era lo suficientemente bueno para aprobar el examen que pedían, cumplía con los quince años de edad mínima y el programa aseguraba que harían el mejor esfuerzo para que hubiera una correspondencia sociocultural entre mi familia y la familia «adoptiva». El único obstáculo era que para postular necesitaba una carta de autorización firmada por mis padres. Calculé cuál sería la mejor manera de planteárselo. Susanna era demasiado aprensiva y reaccionaría mal, seguro que descartaría el asunto de inmediato. Y Ricardo no podría desautorizarla delante de mí. Para romper el cerco de sobreprotección, necesitaba la complicidad de mi padre.

Esperé hasta la mañana del día siguiente. Puse el despertador quince minutos antes de lo habitual. Samuel se levantaba más tarde ahora que iba a la universidad. Ricardo salió del dormitorio con el pelo engominado y oliendo a crema de afeitar. Usaba hisopo y crema Williams. Debido a la blancura de su piel, incluso recién afeitado la barba le sombreaba el bigote y el mentón. Planteé mi plan con seriedad, quería transmitirle que era trascendental para mí. Le expliqué mis razones. Me haría bien mejorar mi inglés. Él sabía que se había vuelto cada vez más necesario para desarrollarse profesionalmente. Mientras tanto seguiría recibiendo una buena educación, quizá mejor que en Chile. Me permitiría conocer otra cultura, ver un mundo diferente. ¡Chile se había vuelto un lugar aislado! No teníamos ninguna apertura a lo que estaba sucediendo en el mundo. Podría conocer Estados Unidos, un país con valores que mi padre apreciaba. Los becados nos reuniríamos en Nueva York, durante los primeros diez días, y nos darían un curso sobre la cultura norteamericana. Quizá con la misma gente de la familia que me asignaran podría conocer otras ciudades. No tendría una nueva oportunidad de salir por un tiempo largo, al menos no hasta después de recibirme de ingeniero. Dejé para el final la razón que para mí era la más importante. El hecho de tener que adaptarme a otra cultura y a otras circunstancias me ayudaría a madurar. Creí que ese solo argumento lo convencería. Secretamente, él deseaba un hijo menos frágil y con mayor control sobre sus emociones. Un hijo dueño de sí mismo. La autoridad sobre el propio ser era primordial en su escala de valores. Mis hermanos habían sido más indisciplinados que yo, pero habían adquirido ese dominio que él creía que a mí se me escapaba.

Detrás de mi discurso palpitaba la pulsión de alejarme de Mariano. En un segundo plano de mis pensamientos, había imaginado que me acostaría con mi hermano adoptivo desde la primera noche. Estados Unidos era la tierra prometida para un adolescente gay de un país pacato y encerrado en sí mismo.

Mi padre leyó el folleto y revisó los papeles. Se me quedó mirando a través de sus anteojos y yo temblé por dentro al creerme descubierto. Quiso saber hacía cuánto tiempo lo venía pensando. ¿No temía que perder clases durante un semestre fuera a afectar mi rendimiento en la Prueba de Aptitud Académica? ¿Cómo saber qué tipo de educación iba a recibir? La activación de su curiosidad me tranquilizó y le di todas las seguridades que buscaba. En ese tiempo ya obtenía en los ensayos de la Prueba de Aptitud puntajes que, sumados a mis notas, me permitirían entrar a estudiar la carrera que quisiera en la universidad que eligiera. Volvió a recorrerme con esa mirada inquisitiva, como si le hubiera propuesto un negocio. Por primera vez necesitaba conocer con mayor profundidad a su hijo. Por primera vez sentí que podíamos decidir algo juntos.

Para mí constituyó un triunfo que me dijera que lo iba a pensar.

En clases estuve con la cabeza ida. Fantaseaba con el vuelo en avión, con Nueva York, con un hermano adoptivo complaciente. Me moría de ganas de contarles mis planes a mis compañeros. Para no caer en la tentación de dar el asunto por hecho, no le hablé a Mariano en los recreos. Preferí irme a dar una vuelta a la multicancha, que se hallaba solitaria ese viernes. Claramente mi vida podía ser más liviana de lo que era, sacarme el peso del desdén, de la inercia del colegio, de la disciplina familiar, de la disciplina de los militares, de la disciplina social del estrecho mundo al que pertenecía. Al regresar sería todo un hombre y eso lo notarían los demás. Mis padres no podrían imponerme límites mezquinos y yo experimentaría una amplitud que ahora se me escapaba. Mariano dejaría de ser el único hombre en Chile con quien estar. En Estados Unidos aprendería a reconocer a otros homosexuales, aprendería un lenguaje, ciertos rasgos de conducta que hicieran posible una identificación certera. Temía que me enviaran a una ciudad como Omaha o Tulsa, pero ellos aseguraban que buscarían un lugar donde me sintiera a gusto. Si yo provenía de una gran ciudad, lo más probable es que me asignaran a una familia que viviera en una gran ciudad. Tuve miedo al pensar que podía tocarme una familia mojigata. Si una evaluadora iba a nuestra casa, quizá sacaría esa conclusión por la frecuencia con que mi madre asistía a misa, o por las imágenes que colgaban de las paredes de su dormitorio, o por la cercanía con el tío Juancho. Peor aún, estudiaba en un colegio de curas. Era posible soportar la beatería de la propia familia, pero la de otra sería intolerable. Yo iba para desencadenarme. Me tranquilicé al pensar que Estados

Unidos era un país mucho más abierto. El hecho de que la gente no estuviera sometida a ningún tipo de coacción política y que la vida religiosa fuera solo una opción tenía que implicar una disciplina más laxa. ¡Los hijos se iban de la casa a los diecisiete o dieciocho años! A los dieciséis podían manejar. Lo único que les preocupaba a los gringos era el alcohol y yo en ese tiempo no tomaba ni siquiera cerveza. Necesitaba asomarme fuera de la covacha para entender quién era. Almorcé con mi madre como cualquier día. Con solo observarla supe que Ricardo no le había contado nada aún. Vimos las teleseries, después me fui a la pieza a leer los papeles una vez más. ¡Cuánta ansiedad! Me masturbé. Creí que no podría seguir viviendo si no iba.

Cuando salí a recibirlo a la puerta, Ricardo me saludó a la pasada, sin darme ningún indicio. Siguió a la pieza y se quedó ahí. Yo me fui a la mía. Mi sentido del oído se aguzó. Dentro de mi cabeza flotaba una maqueta de la casa y según los sonidos que llegaban hasta mí podía seguir los movimientos de cada uno de sus habitantes. Me mantuve atento al giro de manillas, al cierre de puertas, a las evacuaciones de los baños, al trasteo en la cocina, al sonido del teléfono, cualquier crujido perfeccionaba la lectura de mi radar. En ningún minuto mi padre estuvo disponible para hablar conmigo. Y yo no podía ir y golpear a la puerta de su dormitorio. Con Susanna dentro, la decisión se volvería tripartita, que era precisamente lo que debía evitar.

Fue mi madre la que llamó a comer al salir de su pieza camino a la cocina. Salté de la cama y fui hasta donde Ricardo. Estaba a punto de salir detrás de ella.

—¿Lo pensó?

Me miró con cara extrañada.

—¿Pensar qué?

Ahora fui yo quien lo miró confundido.

—Lo de la beca... Si lo pensó.

—Aaah, sí —dijo—, no puedes ir. Tu madre no quiere que vayas por ningún motivo.

Pasó a mi lado y fue hasta el estar. Yo era un adolescente emocional, pero creo que nunca antes ni después monté una escena como la de esa noche. La luz cálida que iluminaba las repisas no se correspondía con la indignación que cundía dentro de mí. Me planté entre ellos y el televisor y les dije que eran crueles, egoístas, que solo pensaban en sí mismos, que no eran capaces de confiar en su hijo. Babeaba en llanto. Les había dado todas las razones para confiar, sabían a ciencia cierta que era responsable, pero nada les bastaba, preferían quedarse tranquilos antes que hacer un pequeño sacrificio por mi futuro. Seguí dándoles vueltas a los mismos reproches, recriminándoles su falta de visión, ¡cómo era posible que no comprendieran la importancia que tenía el viaje para mí! Llegado un punto mi madre gritó:

—¡Basta! Digas lo que digas, no vas a ir. Así que es mejor que te calles y nos dejes comer en paz. Tu lugar es aquí, con nosotros, en esta casa.

Volví a atacarlos hasta que mi padre dejó los cubiertos e hizo el ademán de levantarse. Solo podía significar que tenía intención de pegarme. Susanna le puso una mano en el brazo y lo contuvo.

—Ándate a tu pieza —me ordenó mi madre—. La Juanita te va a llevar la comida. Del viaje no se habla más.

Si a Ricardo le hubiera parecido mala idea, me lo habría dicho en la mañana, durante el desayuno. Su mente reaccionaba con rapidez cuando había una decisión involucrada. A eso dedicaba sus días en la fábrica, a tomar decisiones rápidas, una tras otra, sobre la marcha, con la información que tenía a mano. Hubo tantas ocasiones en la vida en que él amparó una aventura de Pedro, o de Samuel, aunque traicionaran el sentido protector de mi madre. Pedro viajó a Machu Picchu por dos semanas cuando tenía quince años, Samuel tuvo una moto a los dieciséis. En mi caso, debió calmar las aprensiones de Susanna en vez de avalarlas, debió mostrarle el lado bueno de mi viaje. Pero no lo hizo. Lo sé porque al acercarme a él, antes de la comida, el tema ya estaba fuera de sus pensamientos, no le había dado ni una sola vuelta más. Se había conformado con preguntarle la opinión a mi madre. Hacía demasiado tiempo que había desatendido la tarea de mi educación, no cabía duda de que se había sentido incómodo al invadir un territorio dominado por ella. Es irónico: como yo no necesitaba de sus correctivos disciplinarios, y como mis problemas eran más bien emocionales, quedé fuera de su alcance, no tuvimos un tira y afloja en mi proceso de independización. Tanto con Pedro como con Samuel había tenido que combatir cada una de sus rebeliones, pero también había tenido que conceder. A mí no debió disciplinarme y por un raro efecto espejo tampoco tuvo las herramientas para darme mayor libertad.

15. Octubre de 1998

Significaba un problema que el tío Juancho no estuviera para celebrar la misa de apertura de la tumba. Cuatro años después de la muerte de mi papá, nuestro querido tío había sufrido un ataque al corazón, de noche, a pocos días de llegar a la ochentena. Fue una situación incómoda para nosotros. A la primera persona que llamó la empleada que vivía con él cuando lo encontró muerto, fue a Susanna. Mi madre le dio las primeras atenciones al cadáver. Enseguida llegamos mis hermanos, mis cuñados y yo. Pudimos estar unos momentos a solas con él, mientras rezábamos el rosario. Con el paso de las horas, la casa se llenó de parientes. De pronto ellos estaban a cargo y nosotros pasamos a ser las visitas. Se asemejaba a los velorios de amigos gay a los que me había tocado asistir, en los que la familia, distante del hijo «descarriado» hasta el día de su muerte, tomaba posesión del cadáver, sacando de en medio a quienes habían estado junto a él hasta el final, a su pareja el primero de todos.

Susanna ya no tendría a su lado al consejero ecuánime, a su confesor, al gran amigo que le hacía sentir de alguna forma que su marido estaba todavía vivo.

Para oficiar la misa en la tumba, una vez que hubieran trasladado los restos de mi padre, eligió a un sacerdote español que había casado al segundo hijo de Mónica. En la homilía de esa celebración demostró inteligencia, simpatía y sensibilidad para hablar del amor y la familia. Su nombre era Diego, no le gustaba que lo llamaran «padre» y pertenecía a la congregación de San Viator, cercana a los jesuitas en su doctrina, pero sin el alcance ni la influencia de los soldados de Jesús. La misión de esta comunidad era sobre todo educacional, orientada a niños de familias de clase media. Habían fundado colegios en Ovalle, Olmué, Macul y Renca. Diego era profesor de castellano en el colegio de Macul y me había sorprendido con su liberalismo en temas de sexualidad. Nos encontramos una vez en la casa de Mónica y me dijo que le encantaría conocer a mi pareja. Cuando le comenté a José del interés del sacerdote, le pareció raro, pero no tuvo problemas con que lo invitáramos a comer. Según Diego, la Iglesia se equivocaba en su pensamiento acerca de la diversidad sexual. La homosexualidad también era obra de Dios. Se notaba que se había informado. No hablaba desde la ignorancia ni menos desde un supuesto bien, sino como un igual. Para él, nuestro amor era tan santo como cualquiera. Si así lo deseábamos, se ofrecía a bendecir privadamente nuestra unión. Aunque proveníamos de familias practicantes y colegios católicos, a esas alturas, tanto José como yo habíamos perdido cualquier cercanía con el mundo religioso, ahuyentados por la brutalidad del discurso eclesial. A cada rato nos tocaba escuchar o leer una monserga inspirada en los dichos del Papa Wojtyla o en las enseñanzas del catecismo, o aun peor, algunos de nuestros amigos heterosexuales y creyentes nos hacían sentir como bichos raros con su reticencia e incomodidad. Por encima de todo, ambos habíamos experimentado los prejuicios católicos a través de la culpa que sentimos por ser como éramos y del feroz rechazo de nuestras familias. Bastaba con pensar que José llevaba nueve años viviendo conmigo y sus padres ni siquiera habían mostrado intenciones de conocerme.

Yo le había contado de mí al tío Juancho, en la misma época en que le conté a mi madre. Llegué a dudar de si la pesadumbre que le dobló la espalda esa tarde en su casa de la calle Cirujano Guzmán se debió solo a que tuvo pena por mí o si mi revelación implicó además una fuente de aflicción personal, el regreso de un miedo inveterado, de una historia sepultada. A partir de esa tarde de verano en que pasamos un par de horas conversando en el living fresco y penumbroso, jamás tuvo una palabra ni un gesto de menosprecio hacia mí, al contrario, se mostró tan cariñoso como antes, pero nunca volvimos a hablar del tema. Al ser yo, entre los hijos Orezzoli, su favorito y su cómplice, ese silencio terminó por herirme. Mi vida con José quedó fuera de la atención que él mantenía siempre activa cuando se trataba de un miembro de nuestra familia, haciéndome sentir, aunque no lo quisiera, como un relegado.

Quedamos agradecidos con Diego y lo invitamos a comer en otras dos ocasiones. En ambas quedó de manifiesto que su liberalidad no tenía nada de impostada. Era un hombre delgado y, sin embargo, cargaba con una pequeña panza, su nariz terminaba en una bolita de cartílago y de sus orejas pendían dos lóbulos carnosos. Al reconocer estas singularidades, imaginé que los dedos gordos de sus pies debían de causar impresión al verlos. Era simpático, llano, dado a la risa. Reía con sus ojos pequeños, un tanto rasgados, detrás de un par de anteojos de marco redondo que le daban un cariz intelectual sin llegar a parecer pretencioso. Amaba la literatura española e hispanoamericana. Hablábamos de libros. Daba gusto oír su acento español. Producía confianza y tranquilidad, y yo disfrutaba de las cadencias y vibraciones del modo de hablar tan rico de su Jaén natal.

La misa se realizaría el domingo 19 de octubre de 1998, a las once de la mañana. Asistiríamos mi madre, el tío Ignacio, mis hermanos, sus cónyuges y yo. Después almorzaríamos en la casa de Vitacura.

Para ese entonces la relación de mi madre con José se había estrechado. Susanna me llamaba y pedía hablar con él para saber de su vida. Nos invitaba a tomar té cada cierto tiempo e incluso había comprado tres abonos anuales para la ópera. Contentos partíamos al teatro Municipal y a la salida íbamos a comer al Da Carla, en la calle McIver. Dada esa cercanía que habíamos construido, sentí una vaga desilusión al oír que Susanna me invitaba a la misa y al almuerzo sin José.

Las relaciones con mis hermanos se encontraban en distintos estados de evolución. Después de lo ocurrido el 89, cuando iba a entrar a trabajar a la fábrica y le conté a Pedro que era gay, él y yo dejamos de hablarnos durante cuatro años. Sin embargo, luego de muerto nuestro padre, tuvimos un encuentro casual en el dormitorio de la mamá, un día en que ella estaba en cama con bronquitis y ambos llegamos a visitarla. Pedro adolecía de un tic al hablar. Contraía y distendía la frente, una especie de parpadeo de cejas, como si echara las sienes hacia delante en un esfuerzo para darse a entender. Sin que ninguno de los temas previos diera pie a su comentario, dijo:

—Tengo que decirte que es bien admirable como te has hecho cargo de tu problema. No le miraste la cara ni le rendiste pleitesías a nadie. Al principio pensé que creías que era deber de toda la familia enfrentar el tema contigo, pero te lo echaste al hombro solo. Te felicito por eso.

Yo había hecho frente a los desafíos de ser una persona gay en un mundo que consideraba que la homosexualidad era una degeneración, un trastorno psicológico, un crimen y un pecado, sin involucrar a mi familia y sin involucrarlo a él. Al felicitarme, se eximía de la responsabilidad que implicó haberme privado de mis derechos en la fábrica.

Cuando él se fue, mi madre dijo:

—¿Ve que Pedro no es malintencionado?

Igualmente le agradecí a mi hermano esa opinión. Me hizo sentir orgulloso de la independencia que había alcanzado, una novedad en una familia en que la dependencia de nuestro padre y de la fábrica era la norma. Ya no tenía que atender a lo que los demás pensaran acerca de lo que hacía o dejaba de hacer. Había adquirido el derecho a regir mi propia vida.

Con Samuel las cosas habían sido diferentes. En un principio se había mostrado cercano y protector. Consideraba que Pedro había actuado de forma mezquina. Pero luego sus buenas intenciones flaquearon y se volvió impredecible y amenazante.

Desde el principio la situación con Mónica fue más sencilla. No había masculinidad ni poder puestos en juego. Era mi hermana mayor con dieciséis años de diferencia y, por lo mismo, actuaba como una segunda madre, aunque menos involucrada. Nos recibía a José y a mí con cariño, aunque a veces se le escapaba una curiosidad morbosa por nuestra vida sexual. Insistía en que teníamos que usar condón y me preguntaba seguido si yo tenía la seguridad de que José me era fiel. Guillermo, su marido, «educado en otros valores», según sus propias palabras, un hombre formal y de caminar rígido, siempre mantuvo una disposición respetuosa hacia nosotros, jamás haciéndonos sentir incómodos ni juzgados, y su opinión no caía sobre mí con el mismo peso que las de mis hermanos.

Me estacioné en la rotonda que rodea a la Virgen Dolorosa, un monumento que recuerda las víctimas del incendio de la iglesia de La Compañía. Había leído sobre esa catástrofe. Más de dos mil personas, la mayoría mujeres, murieron quemadas durante la celebración de la Inmaculada Concepción en 1863. El gran número de cadáveres irreconocibles fue a parar a una fosa común abierta en el lugar donde hoy se levanta el monumento. Al bajarme, vi que mi madre venía llegando en su auto. Se estacionó junto al mío.

—No creí que iba a poder estacionarme tan cerca. Qué raro, pensé que el cementerio estaría repleto un domingo en la mañana —dijo ella.

—Yo también.

—Ah, debe ser porque a esta hora no se hacen funerales. Las iglesias están ocupadas con las misas regulares. Tu hermano Pedro no viene.

—¿Por qué?

Noté su molestia en el afán de mostrarse desinteresada.

—Me avisó esta mañana que estaba enfermo. Amigdalitis. Él le agregó el adjetivo purulenta.

—Si no vino es porque no se siente bien. Sabe que es importante para usted.

—Yo creo que a él todo esto de las misas y las ceremonias no le gusta nada. No es muy sociable que digamos. Cementerio más misa más familia es igual a amigdalitis... purulenta.

Entramos caminando al ritmo de un paseo. Habíamos llegado con bastante anticipación. Era un día de primavera soleado, la mañana no terminaba de entibiarse y las tumbas descoloridas parecían dibujadas con lápiz grafito, con algo de ocre en algunas de las calles. Yo ocultaba mi cansancio detrás de los anteojos de sol. La noche anterior, con José habíamos ido a bailar al Búnker, la discoteca gay de moda, y nos habíamos quedado dormidos después de las cinco. Mi madre llevaba puesto un traje de dos piezas de lanilla color tabaco y una blusa de seda. Los zapatos eran de color crema, como la blusa, pero con el talón y la puntera de color suela. Me pareció demasiado «combinada». Había imaginado que se vestiría de negro. Habría sido lo lógico. Estaba claro que deseaba marcar un punto, quizá mostrar ante nosotros su instinto de supervivencia, que podía sola con su vida. Yo me felicité por haber medido bien la importancia que le daba mi madre al asunto al ir de chaqueta y corbata, sin dejarme tentar por la comodidad de usar una tenida cualquiera.

—Me encantaba Aguirre Cerda —dijo cuando pasamos junto a su tumba—, su lema era gobernar es educar. Qué pena que se muriera tan pronto. Fue un gran presidente. A tu hermano le pusimos Pedro por él.

Yo me reí.

—¿Qué te da risa?

—A Pedro no le gustaría nada saber de dónde sacaron su nombre.

—¿Por qué?

—Ay, mamá, lo más seguro es que considere que Aguirre Cerda era comunista.

—Pues estaría equivocado. Ese hombre hizo más por los industriales que el mismo Alessandri. ¿Ya viste nuestra tumba?

—No, es primera vez que vengo.

—Quedó bonita y sencilla, como yo quería. Por suerte no le pusimos ese techo de cobre con que se había empecinado Ignacio. Estaría muerta de vergüenza.

Nos habíamos alejado un par de cuadras hacia el oriente cuando al girar en la esquina de Valdivieso nos encontramos primero con el Mausoleo Español y luego con la tumba. Me sentí miserable. Ignacio había diseñado un techo de concreto sólido, con la forma que un niño de cinco años le daría a una casa, o de un ataúd con la tapa a dos aguas, una masa pesada y tosca que se apoyaba en los anchos muros perimetrales. Aquello que había sido concebido como una obra del modernismo, debido al pudor de mi madre y a la mezquindad de mis pensamientos, se había convertido en un engendro posmodernista que sacaba esas sonrisas incompletas de cuando queremos celebrar algo pero no logramos reunir la hipocresía suficiente para hacerlo.

—¿Ves que quedó bien? Este techo no va a requerir ninguna mantención.

Se giró para mirarme, para luego volver a examinar la tumba.

—No se te ocurra decir nada —añadió, y se puso a rebuscar algo dentro de su cartera—. Poco menos que tuve que extorsionar a Ignacio para que le hiciera un techo funcional. Y esto es lo que resultó. No hay nada más que hacer. ¡Por Dios, no encuentro las llaves!

Los siguientes en llegar fueron Mónica y su marido. Habían traído a Diego con ellos. Mi madre abrió la reja y haciéndonos entrar nos explicó que había puesto al papá en la tumba del medio, para que quedara a la altura de la vista. Quería que la pusiéramos a ella arriba y a mí abajo. Todavía faltaba que grabaran en la lápida el nombre de Ricardo, con sus fechas de nacimiento y de muerte. Todo el interior estaba revestido de mármol travertino, menos el cielo de concreto enlucido. Susanna le susurró a Diego que nunca le habían gustado las tumbas bajo tierra. Volvió a subir la voz y, como si se tratara de una declaración formal, dijo que cualquiera de la familia podía usar los otros tres nichos, en caso de necesidad.

—Está muy bonita la tumba, Susanna —comentó Diego, con sus eses y bes resonando en el interior.

—Sí, muy bonita, señora Susanna, sobre todo esas costillas de mármol que tiene por fuera —dijo Guillermo.

Ignacio les había pedido a los constructores que desbastaran la capa superficial del concreto hasta encontrarse con los bolones de río que emplearon para la mezcla, de modo que las losas de mármol tragadas durante el proceso de relleno de moldajes terminaran por sobresalir del muro.

—El techo que eligieron es bien feo —en boca de Mónica esas palabras sonaban divertidas y nada hirientes.

—A mí me gusta —replicó Susanna—. Y cuando me muera, ustedes no van a tener que estar preocupados de la tumba. Yo creo que no van a venir nunca. A su papá no fueron a verlo ni una sola vez al Mausoleo Italiano. Así que este techo está perfectamente bien.

—Yo he venido a ver al papá casi todos los meses —dijo Mónica.

—¿Y por qué no me llamaste para que viniéramos juntas?

—Porque prefiero venir sola.

A lo lejos, donde la calle Valdivieso tenía su origen, en el cabezal sur del cementerio, vimos la figura del tío Ignacio acercarse. Caminaba con parsimonia, como si estuviera consciente de que lo observábamos. Admiraba a Mastroianni y cuando se tomaba un trago de más lo imitaba con un afinado acento italiano, soltando alguna línea memorable de las tantas películas en que lo vio actuar. Traía puesto un viejo sombrero de tweed de ala corta que le hacía mucha gracia. Se acercó a mi madre con su galantería habitual para abrazarla y besarla. Luego hizo una reverencia para saludar a los demás y se giró para contemplar la tumba.

—Espero que aquí Ricardo pueda descansar en paz.

No pude contenerme, quizá para disfrazar la ruindad en que había incurrido, o para hacer un intento de reparación del orgullo de Ignacio, o para ser buena persona, o quizá por todo a la vez.

—Quedó preciosa la tumba, tío. Me gustan las proporciones.

Guillermo y Mónica me miraron, como si se sintieran obligados a entregar su opinión, pero al final se mantuvieron en silencio.

Ya eran pasadas las once de la mañana y Samuel y Leticia no aparecían. Los esperamos al aire libre. Samuel tenía las mismas dificultades que cuando niño con la puntualidad. Por su culpa, al menos una vez a la semana llegábamos atrasados al colegio.

—Llame a su hermano Samuel por celular —me ordenó mi madre. Recién ese año se estaba volviendo común el uso de teléfonos móviles.

En ese momento vimos a Samuel acercándose desde el lado contrario del cementerio. Leticia intentaba apurar el tranco de Samuelito, que venía tomado de su mano.

—Perdón, nos perdimos —dijo ella, repartiendo besos a todos.

Los anteojos de sol de Samuel le aguzaban las facciones. Había venido de sport, con un cortavientos rojo en el que flotaba un caballito verde, un binomio ecuestre, para ser preciso. Samuelito en cambio estaba de lo más formal con sus pantalones azul marino y su camisa celeste. Me dio la mano, agregando un dulce «hola, tío», y solo abandonó la formalidad cuando se entregó al abrazo de su Susa, que se acuclilló para recibirlo.

Leticia se dirigió a Ignacio y con la mirada puesta en la tumba, dijo:

—Me gusta, es bonita y muy sencilla.

Tenía habilidad para agradar los oídos de los demás.

—Gracias, mijita —dijo mi madre, adelantándose a su hermano. Ignacio solo hizo un apenas perceptible gesto de asentimiento.

Diego sugirió que hiciéramos la misa afuera. Apoyó el maletín sobre el pequeño altar, sacó un copón que ubicó justo debajo de la hendidura que formaba la parte vertical de la cruz, y luego se puso la estola. Al salir, bajó del peldaño que hacía las veces de zócalo para ponerse al mismo nivel que nosotros y abrió su misal. A su alrededor formamos un semicírculo sorpresivamente regular. Poco a poco me fui adormeciendo con la tibieza del sol y la dulzura de su voz. Como si despertara de pronto, volví a prestar atención durante la homilía. Sus palabras se habían vuelto personales. Hizo una alabanza al espíritu emprendedor de nuestro padre, a su devoción por la familia. Habló del sentido de ser familia, de quererse y protegerse los unos a los otros.

—Les pido a vosotros, los hijos, que miméis a vuestra madre. Ella ya no tiene a su compañero consigo. Ha cumplido setenta y tres años hace no mucho. Entregadle en retribución todo el cariño que os ha dado hasta ahora. Es el momento de agradecerle cuanto ha hecho por vosotros. La mejor forma de mostraros agradecidos es darle alegrías y no preocupaciones. Llevadle en cada visita el regalo de vuestra hermandad, no el dolor de vuestras disputas. Dejadla que viva los años que le restan con alegría, permitidle que goce de la paz de su familia tan amada.

No me cupo duda de que mi madre había hablado con Diego sobre los enfrentamientos que habíamos tenido mis hermanos y yo.

—Vosotros sois personas adultas, con vidas y familias propias. Nada sacáis con tironear a vuestra madre de un lado y de otro, para que os dé la razón. Sed buenos hermanos, quereos, acompañaos, respetaos, sobre todo respetad vuestras diferencias, acogedlas como una bendición de Dios.

Sus palabras me remecieron. Levanté la vista y creí notar —en la disposición contrita de su cabeza y sus manos— que Samuel también se había emocionado. Mónica abrazó a Susanna por la cintura y a su rostro asomó cierta nostalgia que no me pareció del todo sincera. Ignacio conservaba la espalda recta y la cabeza en alto, rodeado de su tierna solemnidad. Samuelito merodeaba cerca de su madre, interesado por las viejas tumbas contiguas. De pronto sentí los ojos de Leticia puestos en mí. Al girar la mirada hacia ella, recogió los labios para lanzarme un beso a la distancia.

Cuando llegó el saludo de la paz, Diego dijo:

—Ahora daos la paz, como los hermanos que sois.

Antes de que yo reaccionara, Samuel ya venía hacia mí. Me abrazó atolondradamente, me dio un beso en la mejilla y me dijo al oído:

—Perdóname las brutalidades, hermanito, sabes todo lo que te quiero.

—Seamos buenos hermanos —respondí—, no nos cuesta nada.

El resto de los abrazos los di entre lágrimas. Susanna me tomó por los hombros y sin que se le contagiara el llanto, me dijo:

—Va a estar todo bien.

Cuando Diego ofreció la comunión me acerqué a recibirla con los demás. La ilusión de volver a pertenecer al mundo de donde provenía me hizo apartar de mi mente la enorme contradicción en la que estaba incurriendo.

Después de que mi madre cerró la reja con candado, nos fuimos caminando todos juntos hasta la entrada del cementerio. A la sombra de la cúpula que corona el pórtico, nos despedimos. Le agradecí a Diego sus palabras. Mi madre y yo seguimos hacia nuestros autos. La amplia plaza adoquinada se había recalentado bajo el sol del mediodía. Ya casi llegábamos cuando me dijo:

—Me gustaría que hoy fueras a almorzar con José.

La miré a los ojos un instante prolongado y su expresión no dejó escapar ni un atisbo de duda. El choque de emoción e incredulidad me hizo preguntar igualmente:

—¿Está segura?

—Ya viene siendo tiempo de que dejemos este asunto atrás. Me voy a alegrar mucho de ver a José sentado a la mesa con tus hermanos.

Mientras yo seguía paralizado, ella subió a su auto, abrió la ventana del piloto, sacó el codo y al poner marcha atrás, dijo:

—Los espero a las dos.

16. Invierno de 1994

Una vez muerto Ricardo, mis hermanos ya no podían seguir justificando mi exclusión del directorio de Comper. Se abría una vacante, y dado que mi cuñado Guillermo, Samuel y Pedro formaban parte de él, junto a otros tres directores externos, lo natural era que la ocupara yo. Se lo sugerí a Samuel. No me dio su opinión al momento de recibir la llamada. Lo hablaría con Pedro. El martes de la semana siguiente me invitó a comer al restorán Due Torri de Isidora Goyenechea. Los dueños le habían dado al sitio una apariencia anticuada, de paredes y manteles blancos con algunos toques pintorescos, y aunque la comida italiana que servían no tenía nada de novedosa, atendían y se comía bien. Durante su enfermedad, a mi papá le gustaba ir ahí ciertos domingos o para alguna ocasión especial. Los mozos lo trataban con cariño y celebraban sus bromas, las que con el paso de los años se fueron haciendo ininteligibles. A ese restorán habíamos ido a almorzar el día que me gradué de ingeniero civil, en 1985. Me había sacado el premio al mejor alumno de la generación y Ricardo no cabía en sí de orgullo. Quizá qué conexiones sensoriales se producían en ese lugar, porque él recuperaba, aunque fuera solo durante unos minutos, su espíritu festivo y su, a esas alturas, desfalleciente ligereza de espíritu.

Samuel me saludó con un palmoteo en la espalda y me explicó que había reservado la mesa de la esquina más alejada del salón, para que pudiéramos conversar tranquilos. Primero «discutió» el vino con el maître, un hombre calvo, de panza pronunciada, a quien el traje negro le quedaba estrecho. El hombre sonreía de manera forzada mientras daba las explicaciones que mi hermano le exigía. El vino que Samuel pidió finalmente correspondía a una viña y una cepa tradicional; habría bastado con que mirara la carta para dar con él, sin necesidad de incurrir en ese largo interrogatorio. Me aclaró que se había decidido por ese vino en particular por el año de cosecha. Seguro que se habían equivocado al ponerle precio: las botellas del 88 valían más que las de otras temporadas. Me explicó que los años secos tendían a producir mejores tintos. Después tuvo otro intercambio con el maître para elegir qué comer. ¿Estaba rico el ossobuco? ¿Se lo aseguraba? Creía que iba a preferir los gnocchi. Bueno, no, ya que el hombre insistía, iba a probar el ossobuco. La pechera y la calva del maître brillaban bajo la intensa luz con cada inclinación que debió realizar para atender las consultas de mi hermano. Yo pedí risotto cuatro quesos, el mismo plato que comía cada vez que iba a ese restorán.

Samuel me preguntó cómo estaba yo, cómo me iba en la empresa de gas. ¿Con José, todo bien? Me contó de la chochera que le había bajado con su hijo. Si viera lo simpático y lo inteligente que había salido. Tenía apenas dos años y ya hablaba prácticamente de corrido. Yo respondía con la perplejidad que me despertaba ese preámbulo. Había supuesto que la invitación al Due Torri, un restorán bastante caro por lo demás, tenía como fin comunicarme de manera formal que sería parte del directorio y no comprendía por qué se tardaba tanto en decírmelo.

Después de que terminamos de comer, me preguntó:

—¿Por qué quieres participar en el directorio?

Fue su manera de entrar en el tema. Me recordó la defensa rusa. Movimientos laterales de las negras frente al avance de los peones centrales de las blancas. Había ironía en su sonrisa, como si la pregunta escondiera un giro cómico que a mí se me escapaba.

—Es obvio, ¿no te parece?

—No, no me parece nada de obvio —la superposición de la voz pretendidamente imparcial a la sonrisa inmóvil me hizo sentir vulnerable. ¡De verdad esperaba una explicación de mis intenciones!

—El papá murió y he pasado a ser dueño de parte de la fábrica. No le veo el misterio.

—A ver, para que nos entendamos. Sabes que la administración está en manos de Inversiones Orezzoli, de la que todos nosotros y la mamá somos socios. Los administradores plenipotenciarios de esa sociedad, desde que el papá dejó de ir a la fábrica, somos Pedro y yo. Es decir, los únicos que deciden quién participa en el directorio somos nosotros.

—Soy el único de la familia que no está incluido.

—Te pregunto de nuevo —había algo amenazante en su manera de apoyar los codos sobre la mesa y de sobarse las manos bajo la mandíbula—: ¿Por qué quieres ser parte del directorio?

—No entiendo cuál es tu duda. Tengo parte de la propiedad, soy de la familia, soy ingeniero, puedo ayudar.

—A ti no te interesa ayudar —batió la cabeza y cerró los ojos.

Me encandiló el hiriente reflejo de platos, copas y manteles.

—Por supuesto que me interesa.

—Naaah... —dijo de modo despreciativo y levantando la mano exageradamente, logró atraer la atención casi inmediata de un mozo—. Tráigame otra de estas botellas, fíjese bien que sea del mismo año —actuaba como si hiciera una bribonada, conservando esa sonrisa que, de tan fija, había adquirido todo el rango de su falsedad—. Está muy rico el vino.

Volvió a apoyarse en los codos y echando casi todo el peso sobre ellos, me soltó:

—Lo que tú quieres es vengarte.

Al notar mi estupefacción, Samuel se echó hacia atrás y lanzó una mirada hacia un costado, con la sonrisa asomándose en su perfil, un gesto que conocía y temía. Implicaba un anuncio que yo sabía interpretar. Después de esa advertencia podía desatarse la rabia descontrolada y hasta los golpes. Sentí miedo por un instante. De niño y de joven había recibido demasiadas palizas a manos de él. En algún punto había dejado de pegarme. Pero yo vivía con el constante temor de que esa iracundia terminara por enfrentarnos violentamente, con consecuencias mucho peores que las de una pelea de niños.

—Si yo quisiera tomarme revancha, ¿no crees que buscaría otra manera de hacerlo? Si la fábrica quiebra, yo también saldría perjudicado.

—Has sido rencoroso desde chico. No se te olvidan las cosas. Las desentierras una y otra vez, estás siempre lleno de argumentos, tantos que podrías sacar de quicio a un muerto.

Así estábamos, como si quien de verdad estuviera a punto de salirse de quicio fuera Ricardo. Ahora entendía mejor la elección del restorán. Sin saberlo, él creía actuar en nombre de nuestro padre.

—¿Cómo piensas que yo podría vengarme de Pedro en el directorio?

—Hay muchas formas. Por eso en un directorio lo más importante es la confianza. Si tú no confías en nosotros, no puedes ser parte de él. Es así de simple.

—Tú mismo me has contado que Pedro desconfía de ti, que controla tus cuentas, que les sonsaca información a tus subalternos para comprobar si lo que dices es verdad. ¿Y ahora resulta que son los mejores socios del mundo?

—Es distinto.

—¿Por qué es distinto?

—Lo tuyo es mucho más que desconfianza, quieres que nosotros paguemos por todo lo que has tenido que pasar. Con razón dicen que los gays son resentidos.

No pude creer que mi hermano, que en un principio me había ayudado a salir adelante, pudiera por codicia o por miedo o por simple maldad llegar a decir algo tan violento. Y sin embargo seguí sentado a la mesa. La mayoría de las veces que Samuel me pegó cuando niño fue porque se cansaba de que yo siguiera rebatiendo una tras otra sus razones. Podría haberme callado para que las cosas se calmaran, pero me dominaba la fría determinación de vencerlo.

—Ese es el fondo del problema. Ustedes no confían en mí porque soy maricón.

—¡Imbécil! —gritó Samuel, perdiendo todo rastro de su sonrisa, y al notar que algunos comensales a nuestro alrededor se volvieron hacia él, hundió la cabeza entre los hombros—. Yo no confío en ti porque te conozco —dijo amenazante por lo bajo—. A ti nunca te importó un carajo la fábrica, pero ahora que no está mi viejo...

—Cuando todavía estaba vivo, ustedes me negaron la entrada a la fábrica.

—Yo no te la negué, fue Pedro.

—Pero tú acataste su decisión, pudiendo haberla desafiado, y después seguiste trabajando con él como si nada hubiera pasado.

—¿Qué querías que hiciera? ¿Qué renunciara y le dejara la fábrica a Pedro? No te das cuenta de que eso era precisamente lo que él quería. De un solo golpe se habría librado de ti y de mí. Me quedé para defender nuestros intereses, hueón malagradecido.

—¿Y ahora que yo quiero defender mis intereses por mis propios medios, tú pretendes impedírmelo?

—Tus intereses son otros, estoy seguro de que hasta te alegrarías de que la fábrica se fuera a la mierda con tal de ver a Pedro humillado.

—Estás hablando estupideces.

—Mira, hueón, trátame de estúpido una vez más y te vuelo el hocico de un combo.

Me eché instintivamente hacia atrás. Él también se replegó, como si nos tomáramos una tregua. Mi hermano había sido pendenciero en el colegio, y después se había hecho fama de matón en las discotecas. Una noche, en el bar JJ, con solo presentarse ante él, lo vi dejar paralogizado a un tipo que bailaba con una mujer que Samuel pretendía. Ahora era yo quien sufría ese efecto paralizante.

Llegamos a un punto muerto. Recurríamos una y otra vez a los mismos argumentos, como dos polos que giran en torno a un eje común, sin nunca claudicar en sus posiciones. Girábamos hacia atrás en el tiempo. Él me recriminaba que yo no reconociera que había hecho por mí más de lo que cualquiera en su pellejo hubiera hecho, yo le recriminaba que todas sus buenas intenciones de poco habían valido. Él seguía en su lugar de privilegio, gozando de una manifiesta riqueza, mientras yo vivía deportado, como si hubiera sido objeto de deshonra pública. Y ahora que quería recuperar al menos una pequeña parte de lo que me correspondía por derecho propio, Samuel pretendía negármelo. Podía entender que Pedro temiera que yo formara parte del directorio, ¿pero por qué temía él?

Fuimos los últimos en irnos del restorán. Nos echamos los abrigos encima y salimos al estacionamiento.

—Tú siempre has pedido demasiado —dijo Samuel.

—¿Que pida lo que me corresponde te parece demasiado?

—Siempre pides más de lo que el resto está dispuesto a darte. Cuando saliste del clóset, no solo querías que te aceptáramos, también querías que aceptáramos tu relación con José, y no te contentabas solo con eso, prácticamente me obligaste a que te invitara a la casa con él, como si fuera la cosa más natural del mundo.

—Pero, Samuel, era la Leti la que nos invitaba a comer. Y nosotros íbamos por cariño a ustedes. Tampoco creas que es el gran panorama ir a tu casa.

—¿Te fijaste en que yo me quedaba dormido apenas terminábamos de comer?

—Te dormías echado en el sofá.

—Mi psiquiatra me dijo que era una reacción inconsciente. No soportaba verte con José.

—¿En serio? –tuve que reprimir un brote de risa y espanto.

—¿Te acuerdas de que una vez me pediste prestado el refugio de La Parva y te dije que no?

—Me dijiste que no te gustaba prestarlo. Y eso que se lo prestas a nuestro primo Manuel y a tus amigos a cada rato.

—No te lo presté porque me daba asco pensar que tú y José podían tirar en mi cama. No habría podido dormir ahí nunca más.

—¿Qué tienes en la cabeza, Samuel? ¡Yo nunca te he imaginado tirando con la Leti!

—Yo puedo aceptarte a ti, pero no tengo por qué aceptar a un tipo que no conozco.

—A José lo conoces hace más de cuatro años, fuiste amigo de una de sus hermanas, tampoco es un extraterrestre.

—¿Te acuerdas cuando nos encontramos un domingo de auto a auto?

Me acordaba de ese día. José y yo recién nos habíamos levantado a comprar algo de comer después de una fiesta con mucho alcohol y unas puntas de cocaína. Jalábamos casi todos los fines de semana en ese tiempo. Seguro que los dos teníamos mala cara.

—Claro.

—José estaba con los ojos inyectados de sangre. Puedo apostar a que estaba drogado.

—Estábamos reventados por una fiesta a la que habíamos ido —no negué la imputación con mis gestos, pero sí hice notar mi extrañeza con el giro de sus argumentos.

—Hueón, no fue capaz de decir hola con voz normal. Yo en ti confío, pero en él no tengo por qué confiar. ¿Cómo sé que no es un degenerado?

Inspiré fuerte. Era igual a cuando Samuel me pegaba de niño. No sabía detenerse.

—¿De qué chucha estás hablando?

—A unos vecinos de la Mónica y Guillermo le salieron dos hijos gays. ¿Y sabes por qué? Porque tenían un tío que se los violaba cuando niños. Yo sé que tú nunca tocarías a Samuelito —le sobresalían los tendones del cuello—, pero no puedes obligarme a confiar en José.

—No puedo creer lo que estás diciendo.

—¿Por qué no, a ver?

—Es como si la hermana de la Leti tuviera miedo de que tú pudieras violar a una de sus hijas.

—No te atrevas a comparar mi matrimonio con lo que tú tienes con José.

—¿Por qué no?

Hacía rato que cualquier posibilidad de entendimiento se había esfumado. Y pese a que las agresiones habían llegado a ser así de brutales, yo seguía ahí, escuchándolas. Fue solo un instante de lucidez el que me permitió tomar distancia y oír a Samuel decir con la boca manchada por el vino:

—Ustedes aprenden a hacer lo que hacen saltándose todas las reglas. No veo razón para que un extraño no le haga algo así a mi hijo.

—Yo creo que tienes la mente tan podrida que no confías ni en ti mismo.

—¿Adónde creís que vai? No hemos terminado de hablar.

Cuando ya me alejaba, dándole la espalda, le dije:

—Tienes razón. Para ser parte de un directorio hay que confiar en los demás. Y yo no confío en ti.

Temí que se me viniera encima y me golpeara. No lo hizo. Más tarde comprendí el porqué: se había salido con la suya.

Mi madre debió oír mis quejas una y otra vez. No salía de mi consternación. Ella me decía que no tenía fuerza para pelear con mis hermanos. Ricardo había muerto apenas hacía un año. ¿Para qué quería irme a meter al directorio? Para ganarme problemas, nada más. Como la mayor accionista, ella tenía más derecho que cualquiera a sentarse a esa mesa y ni se le habría ocurrido pensarlo. ¿Por qué no me contentaba con los dividendos nada despreciables que recibía y llevaba mi vida como me diera la gana? Si ya había logrado independizarme, ¿para qué me iba a meter de nuevo entre las patas de los caballos? Era mejor que viviera libre y que fueran mis hermanos los que se echaran encima las preocupaciones.

Tenía que saber que ellos se la pasaban peleando. «Se llevan como el perro y el gato», dijo. Y pensé que Samuel era el perro y Pedro el gato, si bien Pedro tenía todas las de ganar.

Los argumentos de mi madre sonaban razonables, excepto por el hecho de que ella tenía una poderosa ascendencia sobre mis hermanos. Podían protestar, pero ahora que Ricardo había muerto, si Susanna les hubiera ordenado que me integraran al directorio, no les habría quedado otra posibilidad que obedecer. Nunca me atreví a desafiarla preguntándole directamente por qué no lo hacía. Yo lo tomaba como un rechazo encubierto, lo que me resultaba igualmente doloroso que si me lo hubiera dicho a la cara. Si no estaba haciendo nada malo, si no era yo el que quería apartar a mis hermanos de la fábrica, Susanna no debió permitir que ellos me apartaran a mí.

17. Primavera de 1996

Tres años después de la muerte de Ricardo, ya inscrita la posesión efectiva de su herencia, sin que existiera una explicación, se dio un cambio en mis hermanos. Pedro me llamó por teléfono para decirme que querían que ocupara el asiento que el papá había dejado vacante en el directorio. Tal vez mi absoluta indiferencia con los asuntos hereditarios y de la fábrica los había convencido de que no tenía segundas intenciones. Susanna me llamó para hacerme ver que a veces era mejor esperar que imponerse a la fuerza. Al fin y al cabo, mis hermanos eran buenas personas, tenía que reconocerlo. No recuerdo bien si fue después de la segunda o tercera reunión mensual de directorio a la que asistí que Samuel me invitó a pasar a su oficina. Había ocupado la que antes fuera la oficina del tío Flavio. Me preguntó cómo me iban las cosas, también quiso saber de José. Se comportaba como si mi inclusión en el directorio hubiera borrado la humillación que me infligió. Cuando dejamos atrás las cortesías, me pidió que firmara una escritura. Abrió un cajón y sacó un escrito mecanografiado dentro de una carpeta de formato notarial. A través del recorte en medio de la cartulina, se podía leer el objeto de la escritura: «Poder. Inversiones Orezzoli a Pedro Orezzoli Magli y Samuel Orezzoli Magli». Me pasó una lapicera para que firmara y se sorprendió cuando le pregunté si podía leerla antes.

—¿Tú leías las escrituras que mi viejo nos pedía que firmáramos?

—No, pero esto es diferente.

—No sé cuál es la diferencia. El abogado es Méndez, con el que acabas de estar en el directorio, el mismo que trabajó durante veinte años con mi viejo, y nosotros somos tus hermanos. La mamá firmó a ojos cerrados. Pero léela, si quieres.

Abrí la carpeta y comencé a leer a toda carrera bajo la mirada iracunda de Samuel. Cuando llegué a la parte central del escrito, comenté en voz alta:

—Aquí dice que ustedes tendrán el poder de administración de los bienes de la comunidad que formamos los hermanos y la mamá. Pero también dice que les damos poder para enajenar e incluso dar en prenda los bienes comunes.

—Sí, eso dice. Es idéntico al poder que nos dio mi viejo, solo que hay que firmarlo de nuevo porque ahora está muerto.

—¿No te parece que las decisiones sobre los bienes comunes, no sé, si ustedes quisieran hipotecar la casa de la mamá, por ejemplo, deberían ser acordadas con el resto de los socios, o al menos decididas por mayoría accionaria?

—¿Mi viejo confiaba en nosotros y tú no? ¿Mi mamá confía en nosotros y tú no?

—Confío en ustedes, pero eso no significa que todos pensemos igual acerca de lo que queremos hacer con los bienes en común.

—Ya, no importa —se levantó usando como catapulta el sistema de reclinación de su silla, y estirando su brazo por encima del escritorio me arrebató la escritura de las manos—. Yo lo veo con Méndez y te cuento.

Más tarde me llamó para pedirme que nos juntáramos a las siete en El Club. Supe de inmediato que las cosas venían mal, y para no llegar sin una opinión formada sobre el asunto llamé a Méndez.

Fue cariñoso conmigo y cuando le pregunté por el poder me encontró la razón. Ellos debían tener la administración de los bienes, pero no podían actuar por cuenta propia tratándose del patrimonio. Quise saber si no había sido él quien había preparado la escritura. Me explicó que como era solo una nueva versión del poder anterior que les había otorgado Ricardo, le había pedido a uno de los abogados de la oficina que la escribiera. Pero no tenía nada de qué preocuparme, lo que pedía era totalmente razonable. Él lo hablaría con mis hermanos y les propondría una nueva redacción.

La elección de El Club, un bar-restorán en avenida El Bosque, me alertó de que ahora entrábamos en territorio de Samuel. Yo vivía hacía un tiempo frente al Parque Forestal, y esos locales pensados para acoger hombres ejecutivos al salir del trabajo, o durante el almuerzo, me parecían de un machismo insufrible. Incluso el estilo de decoración se alimentaba de estereotipos añejos, con asientos tapizados en cuero capitoné, grabados de cacerías en las paredes, barandas de bronce en las escaleras, una música tipo crooner que brotaba hacia la calle con insolencia. Para una mujer, entrar ahí implicaba un acto de subyugación.

Me senté en la terraza, bajo un toldo de color burdeos. Las mesas al aire libre fueron ocupándose con rapidez. Pronto apareció un mozo. A toda velocidad limpió la lámina de vidrio que cubría el mantel negro, puso delante de mí un individual de papel, un posavasos de cartón y un pote con maní salado. Le dije que esperaría a que llegara mi acompañante para pedir. Samuel llegó a la hora y al entrar saludó a un grupo de hombres bulliciosos que estaban a unas tres mesas de distancia. Reconocí a uno de ellos, un humorista y conductor de televisión que tenía la particularidad de provenir de la clase alta. A su lado se hallaba otro tipo que había conocido hacía diez años a través de la última polola que tuve. Un hombre obeso, con el pelo rubio y crespo, de patillas gruesas, con un aire de padre fundador de la patria, aire que se hallaba disminuido ese día debido a su evidente embriaguez. No recuerdo que tuviera una profesión o un oficio. Se dedicaba a «los negocios», y la única destreza que yo le conocía era la de hacer vida social.

Esta vez no hubo preludio. Samuel acunaba maníes en su mano y luego se los echaba a la boca, sin esperar a tragar para decirme lo que pensaba:

—Me importa una huea el poder, que Méndez lo redacte como quiera. Lo que sí me importa es que tú eres un hueón que tiene el alma llena de mugre. Pensái que tus propios hermanos te quieren cagar. Y me dai pena, porque tenís que vivir en ese infierno.

—Si yo fuera tan mala persona, tu abogado no me habría dado la razón.

No lo miraba directo a los ojos, sino a través del reflejo de la cubierta de vidrio sobre la mesa.

—Es que yo soy muy idiota, me dejé engrupir por tu carita de niño bueno, de hijito de la mamá. Yo convencí a Pedro de que te integráramos en el directorio. Le dije que tú no erai un hueón mala leche. Que podíai ayudar. Pero ahora me doy cuenta de que Pedro tenía razón. Eres un hueón mezquino, incapaz de confiar en nadie.

La seguridad que me había dado el abogado me mantenía en calma, poseído por una sensación de superioridad, como un par de torres que se han apropiado de una columna abierta sobre el tablero. Mientras tanto, mi hermano tendría que contentarse con dar llamativos pero infructuosos saltos de caballo.

Aun así, yo tenía miedo.

—Si no confiara en ustedes, pondría en duda su poder de administración. Pueden hacer lo que quieran dentro de la fábrica, lo único que no pueden hacer es decidir sin consultarnos sobre la propiedad en común. ¿Tú me darías poder para que yo decidiera sobre tu patrimonio? Supongamos que ustedes se pelean y deciden que lo mejor es vender la fábrica, y para sacarse el problema de encima la venden a cualquier precio. Mónica, la mamá y yo no tendríamos por qué estar de acuerdo.

—¿Y quién dirigiría la fábrica si nosotros nos peleáramos? Tú, ¿no? —y sin dejarme responder, prosiguió—: ¿Cachái de lo que estái hablando? Te da rabia que seamos nosotros los que estamos a cargo de Comper. No puedes aguantar que nos vaya bien y que vivamos mejor que tú.

—José y yo vivimos como reyes, no necesitamos nada más.

—De nuevo te haces el santito. Ándate a... Te gustaría mandar a ti y como no puedes, siempre vas a estar buscando alguna hueá para jodernos la vida. Puta el hermanito que me fui a buscar.

—Yo podría decir lo mismo. Mis tan buenos hermanos trataron de que yo firmara, sin siquiera leerla, una escritura que les concedía poder total sobre el patrimonio que heredamos en partes iguales. Hasta tu propio abogado lo considera un abuso.

—No me vengái a tratar de ladrón, conchatumadre.

—Entonces deja de tratarme de confabulador y de envidioso.

Cuando me puse de pie para irme, nos alcanzó la voz del humorista:

—Oigan, chiquillos, dense una ducha helá, miren que andan muy mal agestados —a lo que siguió la risotada de sus compinches.

—Mientras tanto tú podrías cerrar la boca —le respondí.

Y en medio de una seguidilla de «uuuy, se enojó», dichos con afectación femenina, salí a la vereda.

Vi a mi hermano ponerse de pie e ir hacia la otra mesa:

—¿A ver quién es el hueoncito que quiere que le saque la chucha? —estaba en mangas de camisa, con los puños tensos, y en ese minuto no tuve duda de que podía dejar a los cuatro noqueados en el suelo sin esforzarse siquiera.

El humorista se puso de pie, le pasó un brazo por la espalda y en tono cariñoso, le dijo:

—Ya, cabro, cálmate, si era broma. Ven a tomarte un trago con nosotros.

—¡No me toquís, conchatumadre!

—Ya poh, tranquilo —dijo el tipo, levantando la mano de su espalda con cierto histrionismo.

Samuel volvió a su mesa, dejó un billete, tomó la chaqueta y vino hasta donde yo estaba. Su actitud me hizo pensar que yo nunca me había sentido fuerte. En todo actuaba desde la debilidad.

—Este hueoncito, el que te va a defender siempre —se apuntó el pecho con un dedo al llegar junto a mí—, es al que acabái de tratar de ladrón. Tú no entendís de qué se trata esta hueá, parece.

Con los mismos argumentos de siempre, mi madre me llamó para decirme que no debía meterme con mis hermanos. Le pregunté si le daba lo mismo que ellos vendieran la casa sin su consentimiento.

—Ah no, yo jamás lo permitiría y ellos no se atreverían a hacerlo.

—Eso decía el poder, que ellos podían hacer lo que quisieran sin preguntarle ni a usted ni a nadie.

—Pero, mijito, si es solo un papel.

18. 1978

Había dejado mis cosas al lado de las de Rodríguez, haciéndolo parecer una casualidad. Él acostumbraba a pasearse desnudo por los camarines y no tenía ningún problema en exhibirse mientras se vestía y se desvestía. Mariano no había ido a clases de gimnasia esa mañana porque estaba resfriado. Cuarenta y un compañeros de curso nos movíamos dentro de esos barracones chatos, con paredes de ladrillo y techo de lata, situados al final de la multicancha de baldosas del colegio. Sin vidrios en las estrechas ventanas ni una puerta en el umbral de entrada, era un lugar inhóspito también en un sentido emocional. La vergüenza que me provocaba mi cuerpo fláccido y las ganas de espiar a algunos compañeros me llenaban de angustia. Mi reacción instintiva era esconder la cabeza, cambiarme de ropa a toda velocidad y correr hasta el quiosco a comprarme un berlín, o un mantecado, lo más grasoso que hubiera disponible. Pero ese día hice un esfuerzo para no salir arrancando. De regreso de las duchas, mientras me hablaba, Rodríguez se secó delante de mí durante un buen rato. El vapor le brotaba del cuerpo. Tenía una pierna flectada sobre la banqueta y la otra caía a plomo hasta el piso de cemento. Se pasó con insistencia la toalla entre ellas. Su pene cabeceaba como si pendiera de un elástico. En la piel clara no asomaban venas notorias. Los vellos más largos le bajaban por el interior de los muslos y le subían en triángulo hasta el ombligo. Con los calzoncillos en una mano, insistía en que yo era bueno para el básquetbol, que debía entrenar más seguido. En realidad yo era malo para todos los deportes en equipo y no había ninguna prueba de atletismo en que destacara, lo que me ponía a gran distancia de Rodríguez en la escala deportiva del curso. Su coordinación y su velocidad le habían abierto paso hasta la honorífica selección de baby fútbol.

No usaba los tradicionales calzoncillos blancos de algodón que nuestras madres nos compraban a la mayoría de nosotros. Los suyos tenían forma de bikini y su paquete abultaba de manera notoria. Estaban hechos de algún material sintético, lycra o algo por el estilo, lo que les daba un viso brillante. Había notado que los dibujos de sus slips variaban, el de ese día tenían un fondo azul gris, surcado por líneas que semejaban rayos lumínicos de varios colores, una maraña incoherente, una especie de fantasía rockera. Había algo peor, le apretaba en los muslos y la cintura, y en los flancos del paquete se había apelotillado por el uso. De una costura descosida en un costado, asomaba una diminuta boca de carne tierna. Sentía que me cosquilleaban los testículos. Esos calzoncillos, esas formas redondeadas, esa pequeña rotura, se incrustaron en mi memoria como clavos incandescentes. Ese desenfado de machito, esa cursilería hombruna se convirtió en un fetiche que no me ha abandonado hasta hoy.

Rodríguez me mantuvo la tarde entera con el corazón agitado. No sabía cómo sacarme la impaciencia del cuerpo. Ya en la cama, tuve la idea, más bien la irrefrenable tentación de meterme algo por el culo. Lo había pensado en otras ocasiones, pero nunca me había atrevido a considerarlo de forma concreta, jamás lo había pensado en términos de qué me iba a meter. Un plátano quizá no era tan suave como parecía. Podía hacerme daño. ¿Qué más podía ser? Iría a buscar algo a la cocina. No sería difícil elegir el objeto adecuado, el patrón estaba claro, cómo no, debía asemejarse a un pene, ojalá al pene de Rodríguez. El problema consistía en cómo llegar hasta la cocina sin que mi madre se diera cuenta. Tenía que cruzar frente a su dormitorio. Ella no se quedaba dormida antes de la una. Si me masturbaba podía eventualmente calmar la calentura y quedarme dormido, pero era víctima de una rebelión interior. Quería meterme algo por el culo a como diera lugar.

Me pasé dos horas oyendo los fuertes latidos de mi corazón. Miraba los punteros fluorescentes del reloj despertador cada cinco minutos. Me daba vueltas en la cama. Arrastraba mi erección contra las sábanas cuando estaba boca abajo y me la acariciaba con las dos manos por la abertura del piyama cuando estaba boca arriba. A la una y media me levanté y fui con el mayor sigilo posible hasta la cocina. Encendí la luz que caía sobre la cubierta de los muebles bajos. De la frutera saqué el plátano que me pareció más apropiado. Debía estar firme para resistir la fricción. Como lo imaginaba, la punta era dura y un par de crestas longitudinales me resultaron amenazantes. Seguí buscando. No había nada entre los utensilios de cocina que se acercara a lo que necesitaba. Una botella, me dije, pero eran todas de vidrio y de gran tamaño. En medio de mi creciente inquietud, pensé que lo mejor sería uno de los envases de laca de mi madre, de los chicos que se echaba a la cartera, pero a esa hora no podría ir a sacarlo de su baño. Revisé la despensa. Nada. Busqué en el lugar donde se guardaban las cebollas.

Ahí encontré una mata de zanahorias. Eso era. Para una primera vez una zanahoria serviría. Salí de la cocina rumbo al dormitorio armado con el plátano, la zanahoria y un pan de mantequilla. Era una locura haber sacado la mantequilla del refrigerador, la nana Juanita se daría cuenta y le contaría a mi mamá. Aunque tuviera el corazón empuñado, ya no era capaz de detenerme.

Mi primer desafío fue encontrar una posición en la cual pudiera penetrarme con facilidad y masturbarme al mismo tiempo. Me desnudé. Al principio pensé que sería mejor tirarme de espaldas en el suelo y apoyar mis piernas levantadas en el borde de la tina. Pero el espacio era reducido, el piso estaba frío y me sentía tan torpe como una tortuga volcada sobre su caparazón. Luego de varios ensayos llegué a una posición inesperadamente cómoda, la misma que tomaba para masturbarme, a horcajadas sobre el escusado mirando hacia la pared. Me senté con el culo lo más afuera posible. El plátano no sirvió. Enseguida sentí un escozor desagradable. Tuve que esperar un rato a que se me pasara una puntada de dolor. Mi erección no cedía con nada, la presencia de Rodríguez me habitaba por completo. Seguro que se tiraba a Mariano. Tomé la zanahoria. La froté con fuerza con mis manos enmantequilladas para darle calor. En un comienzo me penetré despacio y no muy profundo, luego más rápido, hasta que me metí la zanahoria entera adentro y eyaculé.

Como si despertara, tomé conciencia de dónde estaba, del peligro que corría, del dolor en el culo. Tiré de las hojas de la zanahoria y un olor nauseabundo me invadió las narices. Lleno de asco, lancé el cuerpo del delito dentro del escusado y estuve a punto de tirar la cadena. Si mi madre oía la descarga estaba perdido. Y se podía tapar el baño. Metí la mano en el agua salpicada de semen para rescatar la zanahoria del fondo. Luego quise lavarme las manos, el pene y el culo embadurnados con mantequilla pero tampoco era buena idea. Tiritaba como un niño muerto de miedo. Era un niño muerto de miedo. Me costaba trabajo sostener cualquier cosa entre las manos. Limpié el piso con papel para borrar cualquier rastro, recogí todo y salí del baño. Con la sensación de que en cualquier momento iba a perder el equilibrio, llegué hasta la pieza. En el único cajón con llave que tenía, guardé la zanahoria, el plátano aún resbaloso, el pan de mantequilla y los papeles usados en la limpieza.

Cuando por fin estuve entre las sábanas, continué temblando un buen rato. Las posibilidades de ser descubierto se agigantaban en mi mente: la desaparición del pan con mantequilla, la dificultad para deshacerme de las pruebas que sentía como si palpitaran dentro de su escondite. Había decidido echarlas en mi bolsón, para luego botarlas en el basurero del colegio, detrás de la cocina, donde iban a parar toda clase de desperdicios. No me calmé en toda la noche. De tanto en tanto una puntada en el culo me volvía a llenar de miedo y de culpa. ¡Qué había hecho!

Rodríguez tenía una moto, una vieja Honda de 360 cc, con el estanque de un color entre dorado y lúcuma, al cual le había puesto llamas autoadhesivas a los costados. Con sus diecinueve años, era uno de los pocos del curso que tenía carné de manejar. Los escasos alumnos que llegaban al Luis Hurtado en enseñanza media eran hijos de familias que venían de provincia o habían sido expulsados de otros colegios. El tío Juancho había dicho en la casa que un colegio católico debía dar el ejemplo recibiendo a alumnos con problemas. Rodríguez tenía pésimas notas y mala conducta. Se sentaba atrás, al lado de las ventanas, y pasaba la mayoría de las horas de clase mirando hacia afuera o molestando a sus vecinos de asiento. Por él, habría estado el día entero andando en moto. Corría el rumor de que lo habían echado del colegio Manquehue por pegarle a un profesor de matemáticas y que lo habían admitido en el nuestro solo por ser pariente del inspector Muñoz.

Me pasé semanas sin atreverme a hablarle. Me había sometido a un estricto ejercicio de contrición. El recuerdo de la noche de la zanahoria —qué nombre terrible para una terrible noche— me despertaba un sentimiento de humillación abrumador y la única manera de combatirlo fue acompañando a mi madre a misa de ocho cada tarde y confesándome con el cura de la parroquia, aunque sin llegar a contarle los detalles de mi «masturbación». Me tomó un mes sentirme limpio del todo. Mi nuevo estado de ánimo me permitió acercarme a Felipe Rodríguez sin perder el habla ni sentir que el rostro me ardía. Mariano monopolizaba su atención en los recreos. Conversaban en una esquina de los pasillos del segundo piso sin mirar a nadie. No, no era precisamente así. Rodríguez mantenía la vista alerta, interesado en seguir los desplazamientos de los demás. En varias ocasiones lo sorprendí espiándome. Yo me sentía flaquear y buscaba salir lo antes posible de su campo visual. Sus ojos me desenmascaraban, me delataban ante el mundo diurno y «normal» de mi colegio. En esos pasillos, en ese patio y en esas salas, yo me rodeaba de una coraza que me permitía desenvolverme con cierta naturalidad, sin que mis fantasmas me jugaran una mala pasada. Por la separación que hicimos de los dos mundos, con

Mariano jamás me sentí expuesto. En cambio con Rodríguez era diferente. Me hacía sentir vulnerable. Como si él presintiera mi deseo y con su mirada displicente se vanagloriara de ello.

Un día soleado y frío, durante el recreo corto de las doce, Rodríguez me invitó a almorzar a su casa. La clase de historia que vino enseguida se borró de mi mente. Tenía conciencia del roce de mi respiración en la garganta. Me pregunté una y otra vez cómo iba a reaccionar Mariano. Lo espiaba en la sala sin que su expresión me diera alguna clave. Como toda la enseñanza media, los martes y jueves de cada semana teníamos clases en la tarde. Para los que vivíamos lejos, ofrecían almuerzo en el casino del colegio, pero los que quisieran y les alcanzara el tiempo podían ir a almorzar a sus casas. Una hora y media separaba las jornadas de la mañana y la tarde. Rodríguez me había contado que en la moto se demoraba siete minutos en llegar a su casa. Algunas veces había visto a Mariano salir con él y los celos del excluido me atormentaban. Ese día, cuando me monté en la moto, una borrachera de plenitud se me subió a la cabeza. Rodríguez me pidió que me agarrara bien a él, porque iríamos rápido. Lo abracé por la cintura y me apegué a su espalda, evitando adelantar la cadera. Mis rodillas contra sus muslos, mis manos en sus costados, mi nariz cerca de su cuello.

Nos sentamos a almorzar con su madre, una mujer que no debía de llegar a los cincuenta años, pero que se veía mayor a causa del pelo escarmenado y los anteojos gatunos. La encontré simpática en un primer instante, pero a lo largo del almuerzo noté que se distraía y perdía el hilo de la conversación. La culpé en silencio de que la carne al horno me supiera añeja y las papas recalentadas tuvieran el centro frío. Felipe no la tomaba en cuenta, me hablaba a mí, si es que hablaba. Nos hallábamos en un edificio de cuatro pisos de la avenida Pedro de Valdivia. Aun cuando estuviéramos en pleno invierno, en ese departamento pequeño y oscuro hacía calor. Deseé que termináramos de comer lo antes posible para tener tiempo de estar a solas con Felipe. En mi cabeza había pasado a dominar su nombre de pila: había dejado de ser Rodríguez, de ser el otro, una amenaza, el adversario; en un santiamén había pasado a formar parte de mi mundo más cercano.

Su madre se despidió de nosotros. Debía volver al trabajo. Fuimos a la pieza de Felipe que daba a la ruidosa calle adoquinada. Él se sacó los pantalones, el chaleco y la camisa. Si quería, yo podía sacarme la ropa también. Me explicó que en esa casa eran todos nudistas. Su papá andaba siempre empelota, incluso en invierno. Por eso la calefacción estaba tan fuerte. Se quedó en calzoncillos y una polera blanca ajustada que le marcaba los pectorales. Sus pezones asomaban a través del algodón. No me atreví a desnudarme. Me encontraba en territorio desconocido. Me contenté con sacarme los zapatos y tirarme a los pies de la cama, donde una mirada de reojo me permitía verle el paquete cubierto esta vez por un slip rojo témpera, también de lycra, también brillante, también apretado, más nuevo que el que llevaba puesto el día de la clase de gimnasia. No me permití mirar fijo para saber si tenía una erección. Me habló de su hermano mayor. Había montado hacía poco una planta faenadora de pollos cerca de Rancagua. Quería ser como su hermano, ganar mucho dinero sin ir a la universidad. A mí no me salía palabra. En un momento dejé caer mi brazo izquierdo y apoyé la mano en uno de sus tobillos. Los tenía gruesos y peludos y un poco más arriba se ampliaban para formar sus carnosas pantorrillas. Sufrí un escalofrío al tocarlo, pero Felipe corrió su pierna como parte de un acomodo que se esforzó para que pareciera natural.

Me montaba en su moto y me sentía el hombre más feliz del mundo. Cuando recibía el golpe del aire en la cara, aullaba de contento.

No tuve claro el motivo de su repentina predilección por mí. Hizo que mi venganza fuera demasiado fácil. De que Mariano había dejado de interesarle, no cabía duda. Pero, ¿por qué? Creo haber dado con la condición necesaria que ponía Felipe a la amistad. Aparte de tener en el otro a un rendido admirador, su amigo íntimo debía estar a su disposición, al menos durante las horas de colegio, lo que implicaba acompañarlo a hacer lo que se le diera la gana en el minuto que se le antojara. Mi vida se ordenó en torno a los deseos de Felipe. En esos meses finales de nuestro último año en el Luis Hurtado, hice la cimarra por primera vez en mi vida. Nos saltábamos la clase de historia de los jueves, partíamos a los juegos electrónicos del centro y después nos íbamos a almorzar a su casa. Con él fumé marihuana por primera vez, echados en la ladera del cerro Santa Lucía. Con él pasé de ser un niño adolescente puertas adentro a ser un aprendiz de adulto puertas afuera. Aprendiz es un eufemismo y adulto es una exageración: pasé a ser el juguete de otro adolescente con cuerpo de hombre. Una vez le pregunté por Mariano y solo me dijo: «Es un hueón latero».

En octubre ya iba cada martes y cada jueves a almorzar a su casa. Felipe me decía que su padre llegaba tarde en la noche y que su hermano alojaba con ellos uno o dos días a la semana. El resto del tiempo vivía en el campo. Tuve la impresión de que a nadie en la familia le preocupaba mucho la limpieza. A Felipe solo le interesaba su cuarto, el que cuidaba como un santuario. Constantemente añadía algún objeto a sus colecciones. Banderines de equipos de fútbol se desplegaban en una pared, autos y motos en miniatura ocupaban las repisas de un mueble, la otra pared estaba cubierta de tapas de bebidas y hasta las ventanas albergaban una colección de calcomanías.

Durante un tiempo solo hablamos de profesores, de nuestros compañeros y nuestras familias. Luego Felipe empezó a contarme de la polola que había tenido a principios de año, de cuántas veces se la había tirado, «una mina» tres años mayor que él, «buenaza pa'l pico», tanto que una vez la había hecho acabar cuatro veces seguidas. De él aprendí términos como «tres sin saque», hazaña que me parecía y me sigue pareciendo imposible. Era misógino, todas las mujeres eran putas y para lo único que servían era para acostarse con ellas. Cuando alcanzaba la cima de la adoración por sí mismo, decía que la naturaleza lo había creado para el placer de las mujeres y que él estaba dispuesto a dárselo. Me calentaba oír sus fanfarronadas. Me las ingenié para desviarlo hacia la masturbación. Me contó que era un pajero empedernido. Según él, cuando estaba sin una minita, se la corría al menos tres veces al día, una en la ducha, otra después de almuerzo y otra antes de dormir. Cuando yo iba a almorzar postergaba la de la tarde hasta las seis. Le gustaba correrse la paja despacito, echado en la cama.

Con el avance de la estación, la pieza de Felipe había comenzado a recibir el sol de la tarde. Para no asarnos de calor, abríamos una ventana, bajábamos las persianas venecianas y las entornábamos. Él se sacaba toda la ropa, menos el slip, y yo ya no sentía vergüenza de imitarlo. En la semioscuridad, la luz nos rayaba los cuerpos. Nos echábamos los dos a lo largo de la cama, hablábamos y dormitábamos. A veces, mientras dormíamos, se juntaban nuestras piernas y despertábamos con la piel sudada en el área de contacto.

Un martes de noviembre, mientras hablábamos acerca de las fantasías a las que recurríamos para masturbarnos —yo tenía que cambiar el sexo de la otra parte en mis historias—, él me contó que siempre pensaba en una mujer casada que se había tirado en Algarrobo. A él le gustaba el cuerpo más lleno de las mujeres mayores. Me la describió como una rubia, baja, con las tetas abiertas hacia los lados. También me relató paso a paso el polvo que le había pegado después de subir de la playa. Habían tirado en el baño de la casa de ella, y una de sus niñitas había golpeado la puerta llamando a su mamá. La idea de que hubiera tenido tantas ganas de tirar con él como para ignorar a sus hijas era la clave de su recuerdo.

Le dije que me había dejado demasiado caliente y que me iba a correr una paja en el baño. Él me miró con cara de asombro y luego se rio. Enseguida me mostró la puerta con la mano como si me alentara a hacerlo. Cuando volví, me estaba esperando con el tronco levantado, apoyado en ambos codos, atravesado por las rayas de luz, vistiendo únicamente su bikini azul gris, mi adorado fetiche.

—¿Cómo te fue?

—¿Cómo me iba a ir? Bien.

—¿Te la corriste en serio?

—¡Claro! Si estaba caliente.

—Puta hueón, me la voy a correr yo también.

—Hazlo aquí.

Sentí que se me angostaba la garganta al decirlo. No me la había corrido en el baño.

—¿Querís mirar? —me preguntó extrañado.

—De repente me corro otra.

Comprendí que había pasado la línea y que ya no había vuelta atrás. O avanzaba en ese momento o todo se iba a la mierda. Quedaban solo dos semanas para que diéramos la Prueba de Aptitud. Seguramente dejaríamos de vernos. Fui hasta él, me senté en el borde la cama a la altura de sus caderas y lo miré seriamente. Sin sacarle la vista le cubrí el paquete con la mano izquierda. Luego apliqué presión con los dedos. Uno de los rayos de luz me iluminó el dorso de la mano.

—¿Te estái poniendo maraco, Marquito?

Me lo dijo sin moverse, con una sonrisa irónica iluminándole el rostro. Me calentó más todavía que empleara ese tono de superioridad. Lo comencé a acariciar. Me miraba a la cara con fijeza. Pude sentir cómo le crecía. No sacaba sus ojos de mis ojos. Se le puso dura y amenazaba con salirse por el borde superior del slip. La constatación de que lo calentaba me dio la valentía suficiente para meter la mano adentro.

—Saca la mano —me tomó la mano invasora con firmeza—, no me gustan las mariconadas.

—Déjame corrértela.

Se negó sin ninguna convicción. Comencé a mover la mano arriba y abajo, sabía que era un buen corredor de pajas. A Mariano lo hacía eyacular antes que él a mí. Con la otra mano había comenzado a masturbarme dentro de mis calzoncillos.

—¡Nah de hueás, Marquito!

Seguía esposándome la muñeca, pero me dejaba hacer. No quería que se la corriera, pero llegó ese punto en el que me soltó la muñeca, se dejó caer sobre sus espaldas y cruzó sus brazos sobre su rostro con los codos apuntando al techo. Quería doblarme para chupársela pero me contuve. Menos de un minuto más tarde comenzó a arrastrar los talones sobre el cubrecama y soltó un gemido ronco y parejo. Me incliné sobre él y recibí parte del semen en mi cara.

Cuando Felipe abrió los ojos, la complacencia de su expresión fue reemplazada por una mueca de asco, como si su rostro se arrugara como un papel.

—¡Anda a limpiarte, hueón!

—¡Chucha! —exclamé simulando sorpresa mientras me pasaba la mano por la mejilla—, no me había dado cuenta.

—Estái loco. Vos soi maraco de verdad, sal de aquí, anda a limpiarte —me gritó, mientras daba un salto para salir de la cama. Había comenzado a vestirse a toda carrera, como si quisiera ocultar su cuerpo de mí.

En el baño me miré al espejo, incrédulo de lo que había sucedido. Había perdido por completo el control. Me lavé la cara varias veces. Una aguja de pánico se me clavó en el estómago. Felipe estaba realmente molesto. Me senté en el escusado a esperar a que saliera de la pieza antes de entrar a vestirme. Me acordé de Mariano, de su abandono, de lo mal que me había tratado el último tiempo. No quería que volvieran a tratarme mal, no quería, no quería.

—¡No quiero! —grité, y me asusté de mi propio grito.

Me quedaría encerrado en el baño hasta que Felipe se fuera. Inventaría algún pretexto para llegar tarde. Golpeó la puerta del baño un par de veces, insistió en que teníamos que irnos, íbamos a llegar atrasados.

—Hueón raro, es hueá tuya si te querís quedar ahí encerrado.

Dio un portazo al salir. Fui a la pieza, me vestí, bajé los cuatro pisos corriendo hasta la calle, seguí corriendo en dirección a mi casa y no regresé a clases esa tarde.

Durante las últimas dos semanas de colegio, Felipe actuó como si yo no existiera. No me delató con Mariano —al menos no que yo me enterara—, no se burló de mí en el recreo, ni me lanzó un insulto al pasar. Su comportamiento me hizo creer que también yo tenía algún poder sobre él. Esa intuición me ayudó a llegar hasta el último día de esa época tan triste.

19. Diciembre de 1978

Después de que yo dejara el colegio y diera la Prueba de Aptitud, Samuel conoció a Viviana Rojas y me presentó a su hermana Marcela. Vivían cerca de la Clínica Alemana. La casa era pequeña en comparación con la nuestra, pero como era verano, Samuel se instalaba con Viviana en la terraza y Marcela y yo nos quedábamos en el living. Al parecer ellos hablaban poco y hacían mucho, al contrario que nosotros. Un día lunes, cuando ya pasaba de la una, salimos rumbo a nuestra casa. Mi padre nos tenía prohibido llegar encima del toque de queda. Partimos contentos, celebrando alguna broma de Viviana. Las Rojas eran ocurrentes, a cada rato te hacían reír con algún juego de palabras. Al momento de doblar desde Bartolomé Blumenthal hacia Los Molles, nos encontramos con dos barreras que bloqueaban el acceso. Nos asustó la presencia de un carabinero. Samuel había tomado un par de tragos. Era de ese tipo de situaciones que uno piensa que jamás le tocará vivir: tu calle bloqueada, patrullas policiales, gente moviéndose en la noche. De la oscuridad surgió nuestra madre, con los brazos en alto, agitando las manos como si saludara a alguien que estuviera muy lejos, con la cara y las ojeras expandidas en un grito. Samuel y yo nos bajamos del auto al mismo tiempo. Nos abrazó y comenzó a besarnos con fuerza.

—¡No pasó nada! ¡No pasó nada!

—Mamá, ¿de qué está hablando? —preguntó Samuel.

Con lágrimas en los ojos mi madre continuó repitiendo que no había pasado nada. Nos tocaba los brazos al tiempo que nos miraba con extrema atención, como si se cerciorara de que estábamos enteros.

—Pusieron una bomba en la casa.

El carabinero que custodiaba la barrera comprendió la situación y nos abrió paso. Me senté atrás, mi mamá en el asiento del copiloto, su bata encendiéndose con los faroles de la calle. Nos estacionamos frente al portón de los Silva. Todavía había mucha gente afuera de sus casas, las balizas de los vehículos policiales barrían las fachadas. Vi a Ricardo y a mi cuñado Guillermo hablando con un oficial de carabineros. En esos años, mi hermana y su marido vivían en la calle vecina. Al oír el bombazo, él se había vestido a toda velocidad y corrido hasta nuestra casa. Mi hermana llegó minutos después.

La bomba había estallado hacía media hora, justo afuera del muro del patio de servicio, al costado de la puerta del garage. Si hubiéramos llegado a la hora de la explosión, lo más probable es que yo, por ir en el asiento del copiloto, habría muerto o quedado malherido, y tal vez Samuel también. Las varas de los laureles de flor que ahí crecían estaban arrojadas como lanzas sobre la calle, y la casa de los Herrera, tenía los vidrios del primer piso quebrados. Desde el interior brotaban los aullidos de un perro.

Tomó otro cuarto de hora para que los carabineros terminaran su labor, mientras mi madre recibía gestos de cariño de los vecinos. Estaba de pie en el estacionamiento empedrado, junto a la madre de los Herrera, que había quedado viuda hacía tres años. Susanna le pedía que nos perdonara, nosotros pagaríamos los arreglos de su casa. No podía ni imaginar el susto tan grande que se habían llevado. La señora estaba lívida y sus dos hijas también. El hijo seguía dentro de su casa, intentando calmar al perro que al parecer tenía una esquirla metida en una pata. La mayoría de los vecinos vestía ropa de dormir. Me hizo recordar a la gente en Villarrica, asomadas a las puertas de sus casas, y el terremoto de julio del 71, que también reunió en la calle a muchos de los vecinos en batas y piyamas. Y como si del negativo de una fotografía se tratara, me recordó la tarde en que los vecinos salimos a celebrar el Golpe.

Cuando entramos, mi padre nos contó que la principal hipótesis de los carabineros era que extremistas de izquierda querían «crear el caos». O bien, era posible que algún ex trabajador de la fábrica hubiera querido vengarse por razones personales o políticas. Ricardo contrajo el ceño para decir que esta última tesis le parecía imposible. Él nunca había sido sectario políticamente con los obreros. Tanto era así que una de las primeras personas que había recontratado después de que le devolvieron Comper fue al presidente comunista del sindicato de trabajadores. A su lado, Guillermo abrió los ojos en señal de alerta para advertirle que los primeros en llegar habían sido agentes de la CNI. Ya estaban afuera cuando él había llegado, no más de cinco minutos después de la explosión. Hablaba como si él mismo considerara las implicancias de lo que relataba. El coronel de carabineros había tenido un encontrón durísimo con el mandamás de los CNI. Se habían ido a discutir frente a la casa de los Silva. Guillermo los había estado observando. En un momento creyó que se iban a ir a las manos. Mi padre se sacudió la incomodidad con que había oído a su yerno diciendo que esos no se agarraban a combos, sino a balazos.

A Guillermo le parecía muy raro que la gente de la CNI hubiera llegado tan rápido, a diferencia de los carabineros, que tardaron quince o veinte minutos. Seguro que apenas había detonado la bomba, medio barrio había llamado al retén de Vitacura. ¿Pero quién les avisó a los de la CNI? Ricardo dijo no creerse esas historias de que las bombas las ponía la misma gente de Pinochet. Pero Guillermo no encontraba otra explicación para que el coronel de carabineros hubiera estado tan molesto.

—No tiene sentido —dijo Ricardo—. ¿Por qué los milicos mandarían a poner una bomba en mi casa?

Y mi cuñado le contestó con los ojos bajos:

—Porque le conviene que gente como usted tenga miedo.

Un año más tarde, el jardinero encontró un paquete entre las matas de acantos que estaban afuera de la casa, al otro lado del estacionamiento empedrado. Ricardo estaba en la fábrica. Susanna llamó a carabineros. Otra bomba. Expertos en explosivos la hicieron detonar en medio de la calle. El oficial a cargo dijo que no sabía cómo los terroristas podían conseguir el compuesto con que la habían preparado, porque solo podía obtenerse en las bodegas de las Fuerzas Armadas.

20. Primavera de 1980 y verano de 1981

Más allá de los arcos vidriados que le daban a la vieja construcción una apariencia mediterránea, el mar resplandecía bajo el sol de principios de la tarde. Habíamos ido a votar a la escuela de Concón y recién regresábamos. Era jueves 11 de septiembre de 1980. El gobierno había tenido la mala índole de realizar la votación en esa fecha infausta y de recurrir a todas las amenazas y artimañas para intimidar a sus adversarios, Eduardo Frei incluído. Esa mañana votaron por el Sí mi padre, Pedro y Samuel. Mi madre, mi hermana Mónica y yo, por el No.

Vivíamos un año de bonanza. En la cabeza de Pedro bullían los proyectos de inversión: una planta automática de electropintura, un laboratorio de control de calidad, mayor automatización de las líneas productivas. La fábrica había llegado a tener mil personas contratadas, entre operarios y empleados. Para Pedro y Samuel, los militares habían salvado a nuestro padre de la muerte, a la fábrica de la destrucción y a Chile de la pobreza y la guerra civil. Si Allende había hecho pedazos la capacidad productiva de un país entero, Pinochet la había puesto de nuevo en pie, impulsándola con decisión. Para nosotros, en cambio, el general era un tirano. Y lo bueno que pudiera hacer por la economía, que aún estaba por verse, sucedía a costa de la vida, la dignidad y la libertad de mucha gente.

La alegría que proyectaba hacia afuera la casa blanca de Concón, con sus fierros y postigos pintados de azul ultramar, no se percibía en su interior. Era difícil romper el silencio del almuerzo sin referirnos al plebiscito. Yo me balanceaba en una de las sillas de mimbre del comedor, mientras mi padre y mis hermanos comían con buen apetito. Susanna miraba al frente sin casi probar bocado. Comíamos una gran corvina apanada, rellena de perejil. De pronto mi madre, en voz baja, como si deliberara en su fuero interno, le dijo a Ricardo:

—Votaste por quien mandó a matar a tu amigo Bernardo Leighton y a su mujer. Votaste por el dictador que exilió a Andrés Zaldívar, un hombre en el que siempre confiamos.

—Lo de Leighton fue un atentado de los fascistas italianos. Y Zaldívar se buscó el exilio solito.

Susanna lo miró con la indulgencia con que se mira a un niño cuando miente.

—¿También piensas que a los Prats los mató La Triple A y que a Letelier y la Moffit los mató la CIA? La votación de hoy consiste precisamente en eso, en decir si estamos o no de acuerdo con los crímenes y abusos de los militares.

Días antes, acompañada de Mónica y Guillermo, mi madre había ido al teatro Caupolicán a escuchar a Eduardo Frei, sin prestar atención a las advertencias de mi padre.

—El plebiscito se trata de si aprobamos una nueva constitución.

Tomó una marraqueta de la panera, arrancó un gran pedazo y cuando se lo iba a echar a la boca, Susanna lo detuvo con una pregunta:

—¿Has pensado alguna vez que Pinochet también pudo haber matado a nuestros hijos?

Mi padre la miró como si estuviera diciendo incoherencias. En el alzamiento del pecho, se hizo evidente que Susanna tomaba un profundo respiro para continuar sin exaltarse:

—¿No fueron los de la CNI los que pusieron la bomba afuera de la casa? No hay ninguna razón para pensar que el MIR o el PC quisieran hacernos daño. Nadie sería tan insensato como para arriesgar la vida poniéndonos una bomba a nosotros. ¡A nosotros, por Dios, que no tenemos nada que ver con estos milicos!

Ricardo enderezó la espalda, desentendiéndose por primera vez de la comida.

—Es mejor que te olvides de esas teorías conspirativas, son absurdas, y alégrate de que tus hijos menores puedan estudiar, y de que Pedro y tu marido puedan trabajar. Cuando estaba Allende no podíamos hacer ninguna de las dos cosas.

Se paró de la mesa sin violencia y fue hacia la galería que unía el comedor con el living, junto a los ventanales en arco. A último momento se giró para decir:

—No quiero que hablemos más de política. Cada uno votó por lo que le parecía mejor y solo hay que esperar el resultado.

Yo salí en defensa de mi madre:

—A Pinochet no le importa la vida de nadie.

Pedro soltó un bufido y dijo:

—De dónde saliste, Norezzoli.

Así me llamaban también en la universidad. Era el único de mis amigos en ingeniería de la Católica que había votado por el No, o al menos el único que se había atrevido a confesarlo.

Al presentir un posible conflicto entre sus hijos, Susanna abandonó su tono beligerante y pidió que cambiáramos de tema.

—Su papá tiene razón. No sacamos nada con discutir. Va a ganar el Sí por lejos y no hay mucho más que hacer.

Susanna era de esas mujeres que usan sus mejores tenidas para viajar. Llevaba puesto un traje de dos piezas de lana gris, la cartera negra colgada del hombro y el neceser en la otra mano. Mi padre iba de chaqueta y corbata, y cargaba un maletín de cuero duro que había comprado en Florencia, muchos años atrás. Se veían algo anticuados en comparación con el resto de los pasajeros, pero me alegró verlos tan elegantes y felices de partir. Todavía existía la terraza del segundo piso del aeropuerto de Pudahuel, desde donde uno podía ver a los viajeros cruzar la pista hacia y desde los aviones estacionados enfrente. En lo alto de la escalera que subía al avión, mis padres se dieron vuelta para despedirse una última vez.

Era fines de ese complicado septiembre y el viaje ponía fin a la disputa política que se había suscitado entre Susanna y Ricardo.

Durante el viaje, que duraría dos meses, Samuel y yo quedaríamos a cargo de Pedro y su mujer, quienes se mudaron a vivir con nosotros junto a sus tres hijos. El menor aún dormía en una cuna. Primero irían al Lago di Como, a la casa de veraneo de unos amigos italianos. Ricardo había conocido al marido de la pareja a propósito de los tratos de maquinaria y tecnología que hacían para la fábrica. Luego recorrerían en auto el norte de Italia, Austria, Alemania Occidental, Holanda, Inglaterra y terminarían en París. El regreso estaba planeado para el 28 de noviembre de 1980.

Una mañana a fines de octubre, se presentaron de improviso en la puerta de la casa. ¿Por qué no nos habían avisado? Los habríamos ido a buscar, los habríamos saludado con ese entusiasmo infantil y provinciano que campeaba en la terraza del aeropuerto, los habríamos abrazado a la salida de la aduana, habríamos hablado sin parar en el auto.

—Me cansé —dijo mi madre escondiendo la mirada—. Ya no estoy para viajes tan largos, ni su papá tampoco. Eché de menos a mis nietos. No es lo mismo que antes, estamos viejos, es pesado cambiar de hotel a cada rato.

Mi padre también tenía mal aspecto. Nos miraba con expresión bobina, como si la noche de poco sueño lo hubiera desorientado por completo.

—¿Por qué no nos llamaron? —preguntó Pedro—. Nos habrían dado tiempo para sacar nuestras cosas y hacer un aseo especial.

Como si luchara por encontrar su lugar, la sonrisa de mi madre vaciló en su rostro.

—Fue un arrebato. En vez de irnos desde Ámsterdam a Inglaterra, nos fuimos directo a París para tomar el avión de vuelta.

Pedro miró al papá en busca de una explicación de su parte, pero Ricardo no añadió razón alguna.

Pronto el ajetreo de maletas y regalos nos sacó de la estupefacción. Yo me alegré. Las relaciones con Pedro y su mujer no habían sido de las mejores, no porque fueran menos permisivos, sino por el cambio de costumbres. La comida se volvió utilitaria, las conversaciones se jibarizaron, las ruedas invisibles que manejaba mi madre para hacernos sentir parte de la familia habían dejado de girar.

Pero Susanna no recuperó su brío acostumbrado, y mi padre pasaba más tiempo en la casa, casi siempre a propósito de una salida juntos «a hacer una diligencia».

Las idas y venidas a las consultas de los doctores, las caras marchitas de preocupación, el llanto que debió de asaltarlos a medida que se fueron enterando de la condena que significaba la enfermedad de mi padre, muestran cuán desconectados de los asuntos de la casa vivíamos Samuel y yo. Podríamos haber percibido su inquietud, la lobreguez que asomaba a los ojos de Susanna, el talante vencido de mi padre.

Pero atravesábamos una época de furor universitario, regida por largas jornadas de estudio, a las que se sumaban los cumpleaños, las salidas a bailar, las juntas nocturnas con nuestros compañeros de curso. La vida avanzaba en línea recta a toda velocidad y no teníamos tiempo de mirar al costado.

Durante el verano que siguió tuve que realizar mi primera práctica profesional. Era obligación que nos asignaran una tarea como obreros u operarios dentro de una planta, faena, o sitio de construcción. Oyarzún y yo le pedimos a mi papá si podíamos hacerla en la fábrica. Pedro me asignó al área de galvanizado y a mi compañero lo pusieron en la zona de corte. En toda la planta hacía un calor insoportable, pero debido a la alta temperatura a la que se realizaba la galvanización, en mi área era aún peor. Yo accionaba la máquina de fluxado, el último proceso de limpieza antes de que los perfiles pasaran a sumergirse en zinc fundido. Tendría que hacer lo mismo nueve horas al día, de lunes a viernes, durante un mes. Nos movíamos en una zona pequeña y debíamos sincronizar nuestras acciones para optimizar el flujo de material. No solo me agobió la monotonía del trabajo sino también la conversación. Los lunes se hablaba de fútbol, repitiendo las jugadas clave una y otra vez, lanzándose bromas entre colocolinos y chunchos. El martes en la tarde las mujeres se convertían en el tema dominante, no las mujeres de mis compañeros, sino las mujeres «ricas» que salían en televisión, o alguna secretaria con la que se habían venido en la micro, o la que atendía en el casino, o la que se paseaba por su barrio con falda corta. El jueves el fútbol volvía a ser tema principal. Uno de los obreros tenía una cabellera crespa, que usaba larga, con la forma de un afro, pero con los bucles más abiertos. Supongo que por una mezcla de calor y exhibicionismo, usaba el overol con el cierre abierto hasta abajo, tanto que se le podía ver el elástico de los calzoncillos. Él era quien más agresivamente hablaba de mujeres, como un auténtico depredador. Detallaba qué le haría a cada una, describiendo las partes de sus cuerpos con una avidez desconocida para mí. Su pecho fortalecido por el trabajo era mi única entretención. Sabía en qué momento de nuestra matemática rutina podía mirarlo sin que él se percatara ni que otro sospechara.

Eran acogedores cuando llegaban en la mañana, pero a mediodía se habían olvidado de mí. No teníamos nada en común, ni siquiera el gusto por las mujeres. El aislamiento y el tedio fueron cundiendo hasta que una tarde creí que me ahogaría ahí dentro. Fui hasta donde estaba Oyarzún. En medio del estruendo de las máquinas de corte, le pregunté si sería terrible que dejáramos nuestra práctica hasta ahí y escribiéramos nuestro informe con lo que ya habíamos aprendido. Me respondió que, por él, feliz de ahorrarse tres semanas de trabajo y partir al campo de sus papás. Pero necesitábamos la autorización de Ricardo. La universidad exigía un certificado del lugar que habíamos elegido, en el que se asegurara que habíamos cumplido un mes a jornada completa. Yo estaba seguro de que mi padre me lo negaría. El cumplimiento de los compromisos era uno de sus dogmas. Se había alegrado tanto de que yo conociera la fábrica. Así me haría una idea de la magnitud y las dificultades de su negocio, más aún si me formaba esa impresión desde la perspectiva de un obrero. Eran tales mis ganas de huir de ahí que me salí del piño que cruzaba después del almuerzo la gran explanada de cemento que dividía la planta de las dependencias administrativas, y me fui a su oficina. Él almorzaba más tarde con el resto de los ejecutivos. Patricia, su secretaria, una mujer capaz de un entusiasmo apabullante, se puso de pie al verme entrar y me saludó con un aparatoso beso y un cantado «¿Cómo está, don Marco?». Me agobió el hecho de que ella se sintiera obligada a hablarle con tanta ceremonia a un pendejo de veinte años, vestido de overol y bototos de seguridad.

Ricardo salió al hall que hacía de antesala de su oficina, el salón del directorio y la oficina del tío Flavio.

—¿Te pasa algo? —me preguntó con la cabeza echada hacia delante.

—No doy más de cansancio, de aburrimiento, de calor. Oyarzún tampoco.

Me aprontaba a describir con el mayor detalle posible las múltiples dimensiones de mi miseria cuando mi papá dijo:

—No importa, ándate a la casa nomás.

—¿Y el certificado?

—Yo se los firmo.

Se comportaba como lo haría un abuelo chocho, no como el hombre disciplinado y disciplinador que yo conocía. La alegría de todo un verano libre por delante me impidió detenerme a pensar en las implicancias de su reacción. Nos subimos al auto que Ricardo me había regalado cuando cumplí dieciocho años —llegaba siempre un cuarto para las ocho, para que la menor cantidad de obreros me vieran en él—, un Fiat 147, rojo italiano —cómo no— y manejé a toda velocidad desde Cerrillos hasta Providencia. No sé si por vergüenza de llegar temprano a nuestras casas o por el solo hecho de hacer algo fuera de lo común, decidimos ir al cine. Yo sabía que en el teatro Oriente estaban dando *Bambi*. La habían estrenado con copias restauradas el 25 de diciembre, junto con los demás estrenos importantes de la temporada. No me había atrevido a confesar que me moría de ganas de verla. Oyarzún se rio de mí, mostrando sus dientes de conejo, pero estuvo feliz de acompañarme. Así fue como terminamos una tarde de enero de 1981 viendo *Bambi*, los dos solos en el medio de ese cine con las butacas más incómodas de la ciudad.

21. 1981

De mi curso entraron tres alumnos a ingeniería en la Universidad Católica: Alfredo Suárez —del que nunca fui amigo en los ocho años que estudiamos juntos en el colegio ni en los seis que siguieron—, Mariano y yo. No fue sorpresa cuando revisé la lista de los seleccionados, publicada en *El Mercurio*, y me topé con su nombre, Mariano Valenzuela, unos puestos debajo del mío. Lo llamé por teléfono. La primera barrera cayó cuando oí su voz al otro lado del auricular. Se oía alegre y nada del distante resentimiento de los meses finales en el colegio se reflejaba en su voz. Por el contrario, empleaba un tono cariñoso y acogedor. Sin embargo, noté un cambio en el trato —cumpa, cumpita, compadre, huea, hueón—, una suerte de compañerismo que habría empleado con cualquiera y que clausuraba la intimidad que habíamos tenido. No había emociones enzarzadas en la pronunciación, tan solo una espesa cordialidad. Acordamos que él me pasaría a buscar para asistir a nuestro primer día de clases. Debíamos realizar una serie de trámites y además existía la amenaza del «mechoneo». Si iban a pintarnos la ropa y arrojarnos al barro, era mejor que fuéramos juntos.

Esa llamada dio inicio a nuestra segunda amistad, por completo diferente a la primera. De la secreta posesión mutua, de cierto aislamiento dentro de las paredes del colegio y nuestras casas, pasamos a un mundo extenso de nuevas amistades en común, hombres y mujeres, un mundo «normal» para jóvenes de nuestra edad. Puse a un lado mis deseos y me dije a mí mismo que sería tan heterosexual como cualquiera. Si no pensaba en hombres, ese instinto no tardaría en atrofiarse, aunque cada tres o cuatro meses me sintiera poseído por fantasías incontrarrestables que me empujaban a autopenetrarme con un envase de espuma de afeitar. Quedaba tan agotado psíquicamente que en los minutos que seguían al orgasmo me creía incapaz de salir del baño y seguir viviendo. Eran incendios que hacían arder la maqueta que tan arduamente había levantado a mi alrededor: advertencias desoídas.

Mariano se había transformado en un hombre apuesto, aunque su piel hubiera adquirido un matiz azulado y su comportamiento se hubiera vuelto, ¿cómo decirlo?, estándar. Seguía las formas de comportarse y de hablar que predominaban entre nuestros compañeros, y hasta los temas que le interesaban eran objeto de una censura previa para que resultaran adecuados. Los tiempos de putas quedaron atrás y ahora se dedicaba con ahínco a encontrar la mujer de su vida. En tercer año —1981— conoció a Rosario, quien más adelante se convertiría en su esposa. Estudiaba Trabajo Social y respondía al tipo de mujer que a él le gustaba: pequeña, de piel clara, bien proporcionada, de rostro dulce y sonrisa fácil. Algo así como una risueña madona flamenca de talla sudamericana.

Rosario y yo nos hicimos amigos, los tres conformamos una entidad y cualquier huella de mi pasado con Mariano desapareció bajo sucesivas capas de olvido. Cada palabra, cada momento juntos, cada viaje a la universidad en las mañanas, era una nueva mano de pintura. Él quería asegurarse de que no aflorara ninguna humedad. Y sorprendentemente, lo logró.

También logró que bajo esa gruesa costra quedara enterrado lo poco que aún había de auténtico entre nosotros. Yo me convertí en un perfecto hipócrita y en el hombre más solitario del mundo. Mariano me enterraba y era el único que habría podido desenterrarme. A veces pienso que si nos hubiésemos atrevido a hablar del pasado, de qué había significado para cada uno de nosotros esa relación, de lo que sentíamos ahora que ya no éramos adolescentes, quizá todo habría sido distinto. Me habría sentido menos solo. Comprendido, al menos. Me convencí de que los maricones estábamos destinados a ser heridos de soledad, desde niños incapaces de reconciliarnos con nuestra diferencia, sometidos al continuo bombardeo al que nos exponía nuestra rareza, siempre deseando aquello que nos estaba vedado. Me culpaba yo, jamás consideré que el asedio venía desde fuera. Por mucho tiempo creí que yo era el único homosexual en tierra conocida, incluso durante la época en que éramos amantes con Mariano. El maricón era yo y él tiraba conmigo solo para saciar la calentura. Su actitud en la universidad me lo confirmaba. No era maricón, me lo decía de todas las formas posibles, no le gustaban los hombres y punto.

El resultado final de ese recubrimiento de nuestra memoria en común fue que él consiguió huir de ese mundo que nos unía, para ponerse al otro lado de la valla y hacerse parte de la gran farsa, la farsa de todos, en la que yo también me esforcé por participar. Lo malo fue que les dejé el campo abierto a mis fantasmas para que arrancaran de raíz los últimos vestigios de esperanza que conservaba.

Mi paso por la universidad fue una larga temporada de represión y fingimiento. Me colmé de buenas intenciones, me rodeé de amigos y amigas con los cuales salía y hablaba por teléfono. Con la pretensión de hacer de mí una persona virtuosa para un par de ojos entrenados en la moral católica, me transformé en el gran pordiosero de esa edad media. Imploraba la atención del hombre que me atraía en el momento, engañándome de las formas más ridículas. No era sino una prolongación de esos últimos meses de mendicidad con Mariano, solo que ahora no existía la menor chance de que se transformara en sexo, ni qué decir en amor.

Entre los hombres de los que esperé atención, por lejos el más importante fue Daniel Astorga. Era tenista, había llegado a ser categoría escalafón y se sentía frustrado por la negativa de sus padres a apoyarlo para convertirse en profesional. Nos conocimos en tercer año. Se había rezagado del curso que le correspondía por edad debido al tiempo que le había dedicado al tenis. La amistad se inició cuando yo le ofrecí que se uniera al grupo de estudio que conformábamos Mariano, Oyarzún y yo. Sus anchas muñecas tostadas por el sol, cubiertas de vello, me embrujaron al punto de que me tragué decenas de partidos de tenis y organicé las más elaboradas intrigas para pasar la mayor cantidad de tiempo a solas con él. Sus manos eran gruesas pero a la vez armoniosas. En el nacimiento de los dedos de la palma derecha, a causa del roce de la empuñadura de la raqueta, le crecían durezas, las que a mis ojos lo distinguían con un rasgo inequívoco de masculinidad. Su piel me provocaba la misma impresión, porque tenía la apariencia de ser tres veces más gruesa que la de cualquiera de nosotros. En mi imaginación, él era un hombre «curtido» y el resto del grupo, nada más que unos petimetres con piel de monja.

No se mostraba amable con nadie, ni siquiera con sus familiares. En un principio creí que si pasábamos tiempo juntos, esa aspereza al hablar y su celo desconfiado se suavizarían. No ocurrió así, al contrario, yo era blanco preferido de sus desplantes. Se burlaba de mí, me decía enrollado, cahuinero, fantasioso. No le gustaba que infiriera intenciones a partir de sus actos. Las cosas eran como eran y yo no tenía para qué andar revolviendo la sopa cada vez. Acaté sus órdenes, me callé la boca y me dediqué a acompañarlo a los partidos, a ver tenis juntos por televisión, a prestarle mis apuntes de clases, a explicarle las materias, a pasarle las respuestas durante las pruebas y a turnarnos el manejo en los viajes a la universidad. Eso era lo que él quería de mí.

Para las vacaciones de invierno de ese año, Rosario invitó a dos amigas a su casa en Maitencillo, situada a cuatro cuadras de la que tenía la familia de Daniel en el mismo balneario. Mi héroe estaba interesado en Valentina, la más llamativa de las amigas de Rosario, considerada una especie de trofeo para cualquiera de nuestra generación que lograra conquistarla. Y él adoraba los trofeos. En su pieza no cabía una copa más. La finalidad de pasar esa semana en la playa era crear el ambiente propicio para que Valentina y Daniel se pusieran a pololear. La idea había sido de Rosario y Mariano, en cierto modo desesperados por formar parejas estables a su alrededor. Aunque había pololeado tres veces, yo era considerado por ellos como un caso sin solución. Mis amoríos duraban dos o tres meses y mis avances sexuales no pasaban de los besos apasionados. Por supuesto que no me gustó la idea de que Daniel y Valentina se hicieran pololos. Significaría la pérdida del control que yo había establecido en torno a él. Y aun cuando era una mujer bella, Valentina me parecía terca y altanera. Me irritaba que se preciara de su falta de interés por las cosas que no tenían relación con su mundo más inmediato. Se reía despectivamente cuando yo comentaba alguna noticia. Para ella la política era un tema antipático y anacrónico. Pero igual me hice parte del plan. Me alentó la posibilidad de pasar algunos momentos con Daniel, y si llegaba a conquistar a Valentina, sería mejor que me hiciera amigo de ella. Cualquier día podía conocer a una extraña y olvidarse de mí.

Al momento de repartirnos en las dos habitaciones disponibles, empujé a Mariano fuera del camino para apropiarme de la segunda cama en el cuarto donde dormiría Daniel. En ciertos casos podría haber jurado que Mariano andaba detrás de algún hombre, pero nunca estuve del todo seguro. Su adoración por Rosario era tan sobrecogedora que me avergonzaba siquiera pensarlo. Lo que estaba claro era que si yo no dormía con Daniel, mi participación en todo el asunto perdería parte importante de su sentido. Era una casa pequeña, hecha de troncos, metida en una quebrada, con escasa vista al mar a través de unos eucaliptus. Tuvimos que prender la chimenea y las estufas para desentumecer los cuartos húmedos que no habían recibido habitantes desde la Semana Santa. La primera noche, en un arranque de pudor que no correspondía a la idea que me había formado de él, Daniel se encerró en el baño y al salir traía su ropa en la mano y el piyama puesto. Lo impensable es que su actitud no fuera suficiente evidencia para mí de que se sentía incómodo conmigo en la intimidad.

Daniel despertó temprano. Tenía concertado un partido de tenis con otro jugador de escalafón. Me ofrecí a acompañarlo. Salió de la cama, fue hasta el clóset que estaba en el pasillo, sacó su ropa de tenis y nuevamente se cambió en el baño. La noche anterior yo había aprovechado las pequeñas oportunidades que se me presentaron. Lo primero que robé fue un primer plano de sus pies desnudos. Su empeine describía una suave concavidad, sus dedos eran largos, un poco encogidos pero bien moldeados, sus tendones destacaban notoriamente. Mi corazón latía rápido por la simple razón de que dormiría en la misma pieza que Daniel. Se destapó en sueños y quedó boca arriba. Fui hasta la ventana que estaba a no más de un metro de él. Simulé que miraba hacia afuera por la apertura de las cortinas y me dediqué a escudriñar lo que el piyama dejaba expuesto a mis ojos rateros. La luminosidad que provenía de un farol de la calle fue un bienvenido cómplice. Por su sueño inquieto, la camisa se había abierto hasta el tercer botón. Un manto de vellos le cubría la parte superior del pecho, las curvas de los pectorales apenas insinuadas, dos o tres espinillas rojeando bajo la clavícula. Su pezón izquierdo, el único a mi disposición, tenía la forma de una almendra y parecía ser de un tono acanelado, solo un poco más oscuro que el del resto de su piel. Indagué más abajo de la cintura estrecha, donde iban a parar su pecho amplio y su abdomen endurecido. Aunque no pude ver gran cosa, creí distinguir algunos pelos rubios asomándose en la abertura del pantalón. Llegado un momento, me metí de nuevo en la cama y me masturbé. Bastaron unos antebrazos, un par de ojos fríos y unas briznas de vello púbico para que mi voracidad sexual volviera a ser tan tiránica y avasalladora como había sido desde los doce años.

Había quedado de reunirse con su rival en el Club de Tenis de Zapallar, una escalera formada por canchas de arcilla que iban bajando como gigantescos peldaños hacia la pequeña bahía. Pronto me vi envuelto por el monótono peloteo, interrumpido a cada tanto por la cuenta, un grito o un bufido. La brisa me brindó una sensación de bienestar. Seguía con la vista las piernas de Daniel. Las gruesas piernas morenas de su contrincante, un hombre bajo y ancho, de cabeza cuadrada, de figura muy diversa al ideal de un tenista, también eran un delicioso espectáculo. Brazos y piernas de hombre en constante movimiento, tensándose para alcanzar la pelota, flectándose para llegar a la red, extendiéndose en el momento del saque, se sumaron en una ensoñación. Solo abandoné mi paraíso cuando el partido estaba por terminar. La fantasía de los camarines y las duchas tomó cuerpo en mi mente: Mariano y su olor a lago, Rodríguez y su cuerpo humeante. Como si me encadenaran de un tobillo, caí de nuevo a la beligerancia de mis deseos.

Había ganado Daniel. Intenté abrazarlo, pero me puso una mano contra el pecho.

—¿No veís que estoy entero sudado?

—Yo pago las cervezas —dijo el otro.

Fui tras ellos. Temía que Daniel me dijera que esperara afuera. Me senté a cierta distancia del lugar donde habían dejado sus cosas. Era una sala iluminada por tubos fluorescentes. Contra las paredes, lockers de metal con branquias, y sobre el piso de baldosas, describiendo algo así como el recorrido de una partida de dominó, se desplegaban las bancas de madera, pintadas de un denso color café moro. El tema era el partido, por supuesto. Me sentía de sobra, debería haberme ido de ahí. A medida que se desvestían, hablaban de su juego, del revés, de la volea, de los *lobs* de Daniel en el último set. No parecía incómodo con la cercanía física de su «partner», ese era el trato que se daban el uno al otro. Sus hombros se toparon más de una vez. Me daban la espalda en todo momento. El tipo moreno se desnudó por completo. Sus glúteos parecían ser una continuación de los músculos que le bajaban por la espalda. Tomó una toalla de color verde y al momento de atársela a la cintura se volvió y tuve una clara visión de sus genitales. Su pene descansaba en toda su extensión sobre sus testículos sobresalientes. El tipo mostraba una confianza en su cuerpo —en medio de los cuerpos de otros hombres— que yo nunca tuve. La curva posterior de los muslos de Daniel era suficiente para hacerme temblar. Un silencio se fue imponiendo dentro de mí. Daniel llevó sus manos a lado y lado de su cadera e introdujo sus pulgares bajo el elástico. Vi asomarse la primera pendiente del culo, la más bella curva del cuerpo de un hombre y luego surgieron dos montículos inesperadamente mullidos y a la vez perfectamente modelados. En comparación, las robustas nalgas de su adversario no eran más que un modelo sin terminar o demasiado acabado. Daniel se fue inclinando hacia delante hasta desprenderse de la húmeda prenda sin casi levantar los pies del suelo. Luego se cubrió con una toalla blanca y salió camino a las duchas.

Me quedé sentado en la banca de madera sin saber qué hacer. Iría a preguntarle a Daniel por las llaves de su auto. Le diría, no sé, que había olvidado los cigarros en la guantera. En los cuatro metros que me separaban de las duchas, me detuve varias veces, como si el cuerpo se me agarrotara. Oí la risa ronca de Daniel. No había nada que lo alegrara más que ganar un partido de tenis. Finalmente me atreví a cruzar el umbral del baño. Para no dar la impresión de estar nervioso, había memorizado mis líneas. Encontré a Daniel de frente, con el cuerpo enjabonado, el rostro alzado hacia el chorro de agua, los ojos cerrados y las manos bajo las axilas. La visión fue tan arrebatadora que no pude pronunciar palabra. Ese hombre es tal vez a quien más he deseado y, al mismo tiempo, de todos los hombres que alguna vez amé, a quien menos llegué a querer. No es un galimatías. Mendigué su atención y momentos como ese durante tres años, mientras nuestra amistad se arrastraba moribunda y se mantenía viva tan solo por un exceso de voluntad de mi parte. Yo lo deseaba con tal desenfreno que no me detuve a reflexionar si entre nosotros existía un vínculo que valiera el esfuerzo. No teníamos nada en común. Mi sensibilidad lo ofendía, su brusquedad me irritaba. Durante tres años intenté gustarle a un hombre al que no le atraían los hombres, a un hombre al que si le hubieran gustado los hombres, no se habría fijado en mí. Éramos antagonistas naturales y, así y todo, me enamoré de él. Se debió, pienso ahora, al enclaustramiento en que me hallaba. Si hubiera tenido la valentía de salir afuera de ese pequeño mundo para buscarme una vida, no habría tenido que someterme a esa clase de humillaciones. Me aferraba a esa pertenencia, y a Daniel en particular, como si ahí estuviera mi salvación, cuando lo único que él y los demás hacían era condenarme tácitamente. Si viera a Daniel hoy, aparte de cierta incomodidad, de cierta vergüenza quizá, me provocaría aversión. Es del tipo de personas que me caen mal, esos que van por la vida tomando lo que creen que está a su disposición y que no les interesa lo que le suceda a quien le entrega lo que toma.

—¿Qué querís? —oí que me decía Daniel, cortante, mientras se volvía bruscamente hacia la pared.

—¿Dónde están las llaves? Pa' ir a buscar los puchos.

—¿Por qué no pensái un poco antes de preguntar hueás? Las llaves están en la bolsa, ¡dónde más!

Al salir del baño saturado de vapor, ya no me cupo duda de que Daniel sabía de mis deseos. Ya venía siendo hora. Y aun teniendo yo una demostración tan palmaria del desagrado que le producía, no tuve fuerzas para alejarme de él, no tuve cabeza para juzgar que me había involucrado con el hombre que podía hacerme sufrir más que ningún otro, que me podía herir como nadie. Y yo, de la manera más torcida posible, encontré placer y hasta ilusión en ello.

Rosario me contó que ya estaba todo preparado, solo faltaba que Daniel se declarara. Era hombre que hacía lo que se esperaba de él. Dejó de lado su sueño de ser profesional del tenis, porque sus padres se opusieron; se puso a pololear esa tarde con Valentina, porque el resto lo dictaba; después de seis meses de recibido, se casó con ella, tal como era la costumbre entre los nuestros; tuvo a su primer hijo en cuanto fue posible; se integró al negocio de importación de su padre y se volvió católico practicante, a pesar de no haberlo sido en la universidad. Hoy es un tipo ejemplar en más de un sentido.

Si él odiaba que lo amara, al menos pudo haber tenido la decencia de alejarse, de apartarme de su lado. Pero me usó hasta el final en los estudios, las amistades, la seguridad de mi compañía, y su rechazo hacia mí tomó la forma de un menosprecio cruel y permanente. Recibió todo lo que le era útil sin darme nada a cambio. Durante esos tres años me convertí en su siervo y él me trató como tal. Y a medida que lo pienso, me doy cuenta de que es una acusación indecente e injusta. Si yo no tuve la fuerza para alejarme, no tenía por qué exigirle a él que me hiciera a un lado.

Solo una vez me sentí tomado en cuenta. Daniel le regaló anillo de compromiso a Valentina el día que terminamos nuestro último año en la universidad. Tres meses después debíamos dar el examen de grado. Para concentrarnos en el estudio, nos fuimos los cuatro de siempre a pasar una temporada a Maitencillo. Cada dos semanas íbamos a Santiago por un par de días. Una noche, después de hablar durante más de una hora por teléfono con ella, llegó a la pieza con el rostro demacrado. Yo estaba leyendo *La historia de Mayta*, una novela de Vargas Llosa, la única historia gay que podía leer sin levantar sospechas. Se sentó en el borde de su cama y hundió la cabeza entre las manos. Agitaba las piernas, entrechocando sus rodillas. Si hubiera sido cualquier otra persona, me habría acercado y lo habría abrazado, pero con él no cabía esa posibilidad. Tampoco me atreví a preguntarle lo que sucedía. Permanecí en silencio y como gesto de atención dejé el libro de lado. Se me escapaban los pormenores de su relación con Valentina. Él no permitía que nadie se entrometiera. Sus problemas de pareja, evidentes a mi modo de ver, no podían ser objeto de comentarios ni de bromas. Alguna vez él se había preocupado de establecer esa prohibición. Se largó a hablar: Valentina le había dicho que no estaba segura de casarse. Que lo quería, pero que se sentía muy presionada con la idea del matrimonio. Le había pedido que se dieran un tiempo. ¡Y él encerrado estudiando para ese examen como un sacohueas! En una semana tendría la casa llena de jotes. Se iría a Santiago. Le recomendé que esperara a la mañana.

—Puta, Marco, no voy a poder aprenderme ni una fórmula más.

Que me llamara por mi nombre fue un gesto de cariño que nunca había tenido hacia mí. Un «compadre» golpeado era lo más enternecedor que me tocaba, «hueón» era la costumbre, y de vez en cuando me colgaba un «estúpido» o un «imbécil», sin preguntarse siquiera si me ofendía. Oírlo mencionar mi nombre con su voz sufriente me liberó de mis precauciones. Salí de la cama y fui a sentarme junto a él. Yo estaba en calzoncillos y polera; él, con su piyama azul.

—Es típico de las mujeres actuar así.

Desde niño me repele de mí mismo la costumbre de soltar lugares comunes en medio de situaciones difíciles. Me miró con lágrimas en los ojos.

—Si me patea pa' siempre, me muero.

Dejó caer su cabeza en mi hombro. Lo abracé. El calor de su cuerpo me entró por las narices. También yo estaba a punto de llorar. Tuve que refrenarme para no besarlo. Me limité a pasarle una mano por la espalda. Me acomodé para sentir su rostro contra el mío. Mis sentidos estaban alerta. Tenía la piel conmovida. Dejé que se desahogara. Nunca antes lo había visto llorar, nunca después lo vi llorar. Nunca antes me había sentido importante para él, nunca después volvería a sentirme igual.

22. 1982

El año partió con la muerte de Eduardo Frei. Al volver de su funeral, Susanna me dijo en voz baja que creía que los milicos lo habían matado en la clínica donde se operó de una hernia, pero que no lo repitiera, menos delante de mi padre.

En la fábrica tuvieron que echar a novecientos trabajadores a la calle. Habíamos pasado de la euforia del boom a la debacle recesiva. El producto interno bruto cayó 14%, el desempleo llegó a 25%, la banca tuvo que ser intervenida por el Estado. En el caso de las personas de mayor antigüedad, los despidos estarían a cargo de un miembro de las familias y no del gerente de personal. A Pedro le correspondió hacerlo con los empleados que trabajaban al interior de la planta. Le tomó una semana despedir a cerca de cien personas. Muchos se habían puesto a llorar, rogándole que les bajara el sueldo a la mitad, pero que no los echara. Afuera no había trabajo. Hombres duros, gente buena, había dicho Pedro. Durante esos días, mi padre se vio terriblemente disminuido. Según ellos, el despido en masa era la última carta para salvar Comper. Pasarían al menos tres meses antes de que se pudiera vislumbrar si el drástico ajuste de costos lograría mantenerla a salvo de los acreedores.

Pedro quedó dolido por la crudeza de la tarea, pero también por la ingratitud que sintió de parte del tío Flavio. El viejo hombre de negocios lo criticó por no haber sido suficientemente precavido en la compra de acero, la principal materia prima de la fábrica. En un almuerzo familiar, Pedro explicó que no había tenido alternativa. Antes de que se desatara la crisis existía una altísima demanda por el metal y los proveedores solo recibían pedidos con seis meses de anticipación.

Una mañana de fines de junio desperté temprano por culpa de un helicóptero que sobrevolaba nuestro barrio a baja altura. Había llovido toda la noche. Me puse la bata que mi madre nos obligaba a mantener a los pies de la cama y fui hasta su dormitorio. De ahí brotaba el ruido del televisor encendido. Ellos no veían televisión antes de levantarse. Un periodista entregaba información sobre los distintos puntos de la ciudad que se habían inundado. La noticia más impactante era el desborde del río Mapocho. Al verme, Susanna me advirtió que Samuel no había podido regresar la noche anterior. Había quedado aislado en la otra orilla del Mapocho, en una casa del recién establecido barrio Santa María de Manquehue. Las inundaciones se agravaron durante la mañana. La preocupación principal de mis padres en ese momento era Pedro y su familia. Vivían en la parte alta de Vitacura, cerca del río, en la zona que según las noticias era la más afectada por el desborde. Susanna no se cansaba de marcar su número de teléfono aunque no consiguiera comunicarse. Miraba a Ricardo como si se contuviera para no enrostrarle su pasividad. Había sido un hombre de acción toda la vida y verlo así, enfrentado a la emergencia sin reaccionar, sin hacer nada por ir a rescatar a sus hijos o por obtener información de primera mano de parte de alguna autoridad, resultaba extraño. Seguía los movimientos de mi madre como un perro asustado sigue los movimientos de su amo. Parecía estar a punto de largarse a llorar. No tuve más escapatoria que comprender que a mi padre le pasaba algo más grave que un acelerado proceso de envejecimiento. Verlo así me molestó, como si me sintiera agredido por el hecho de que se hubiera vuelto un hombre débil.

A eso de las once de la mañana recibimos una llamada de mi cuñada Carmencita. Estaban aislados, pero a salvo. Su casa quedaba en el lado alto de la calle. No debíamos preocuparnos. Tenían comida suficiente y habían juntado agua potable en las tinas de baño antes de que se cortara. A las casas de enfrente el río les había pasado por dentro. Ellos tuvieron que darles refugio a los Pineda. Por lo que se podía ver desde la ventana del segundo piso, habían perdido todo.

Susanna me pidió que la acompañara a recorrer el barrio. En las noticias se decía que el agua bajaba por la misma Vitacura. Estábamos a cuatro cuadras cortas de esa calle principal. Al llegar nos encontramos con una pequeña multitud de vecinos asomados a lo que se oía como un río correntoso. El agua turbia bajaba a todo lo ancho de la avenida y a toda velocidad hacia el poniente. Impresionaba verlo. Arrastraba balones de gas, tarros de basura, hasta un refrigerador vi pasar flotando. Mientras estuvimos ahí, un Datsun rojo fue arrancado del estacionamiento de una casa y se desplazó calle abajo, girando hacia un lado y luego hacia el otro, sin nada que lo detuviera.

Dejó de llover a la hora de almuerzo. Las aguas remitieron pronto. Samuel volvió esa tarde. Pedro y su familia pudieron salir de su isla al día siguiente. La ciudad pasó largo tiempo intentando recuperarse de las inundaciones en las zonas aledañas a ríos y canales, de los aluviones que afectaron la zona precordillerana, del agua que se acumuló en las zonas bajas sin tener a dónde ir, de los derrumbes y descalabros ocurridos en la mayoría de los barrios.

Chile también pasó cinco años recuperándose de la recesión.

Me dediqué a observar a mi padre con mayor atención y me rebelé contra la dependencia que había desarrollado. Si Susanna estaba en su escritorio y él en el estar, la llamaba insistentemente hasta que la hacía venir. Mi madre le preguntaba si quería algo, pero no, solo le pedía que se sentara a su lado. Susanna protestaba. Tenía cartas que escribir, cuentas que pagar, pero Ricardo volvía a llamarla sin tregua cuando ella se separaba de él.

Un día a fines de agosto de ese año, Pedro llegó a la casa después del trabajo. Yo mismo le abrí la puerta. Preguntó por el papá y la mamá. Llovía también esa noche. Traía puesto un impermeable largo que le daba un aspecto amenazante. Fue hasta el estar donde Ricardo veía televisión mientras Susanna tejía. Seguramente se trataba de alguna prenda de ropa para el cuarto hijo de Pedro, que nacería dentro de un mes. Mi hermano les pidió si podían ir los tres al dormitorio. Ahí se realizaban las reuniones familiares que podían resultar complejas. Pensé que la fábrica había quebrado. Entre los tres fueron encendiendo luces en el camino. Yo me fui a mi pieza, desde donde no alcanzaba a escuchar lo que discutían. Tomé un libro, en esa época había comenzado a leer a García Márquez, *Los funerales de la Mamá grande*, creo. Más tarde ese año le darían el Nobel. Pronto me dejé acunar por el ruido de la lluvia. Nuestra casa no tenía canaletas. En todo su contorno los aleros dejaban caer goterones, formando una especie de escudo de agua con un efecto sonoro apaciguador. Me dio hambre. Pasaban de las nueve de la noche. Ya deberían haber llamado a comer.

Encontré abierta la puerta de la pieza de mis papás. Si bien estaban encendidas las luces de los veladores y de las lámparas que iluminaban los dos cuadros religiosos más grandes, una virgen colonial y una imagen de San Antonio de Padua, Ricardo y Susanna se hallaban envueltos en la penumbra. Mi padre estaba sentado en su lado de la cama, como si recién hubiera bajado las piernas y se hubiera arrepentido de ponerse en pie: las manos apoyadas a lado y lado, la vista puesta en el suelo. Daba la impresión de que mi madre no se había movido del sofacito una vez que Pedro hubo partido. La mandíbula marcaba una diagonal, los pómulos parecían desalineados, tenía la mirada extraviada y la boca entreabierta: una mezcla de desorientación, perplejidad y apabullamiento que también se manifestaba en el leve disloque de sus brazos y piernas, los que acostumbraba a mantener en su lugar con rigor estético y moral.

—¿Qué pasa?

Mi madre reaccionó bruscamente para recuperar el control de su cuerpo. Mi padre siguió en su posición, como si no me hubiera oído.

—Tu hermano quiere renunciar a la fábrica. Dice que va a montar su propio negocio.

Dentro de la neutralidad en el tono de voz de Susanna, despuntaba la indignación, como si se sintiera traicionada. Con tan solo oírla supe que mi hermano se hallaba determinado a hacerlo y mi madre determinada a impedirlo. Pero había algo desconcertante en la escena, una pieza de información que yo no conocía. Mi padre había hecho lo mismo que Pedro cuando joven, al independizarse del tío Bruno. La fábrica podía quebrar cualquier día, pero en caso de sobrevivir, Ricardo podía seguir administrándola. No daba para tanto abatimiento.

Mis padres pidieron que les llevaran la comida a la pieza. Tarde en la noche, cuando llegó Samuel, le conté lo que ocurría. Se encogió de hombros y se fue a dormir. Estaba por terminar su carrera y había comenzado a salir con Leticia.

Pedro volvió durante los tres días siguientes. Las deliberaciones seguían teniendo lugar en el dormitorio de mis padres. A veces me llegaba el eco frágil de la voz de Ricardo, a veces oía los tonos altos de las protestas de Susanna, jamás la voz de mi hermano cruzó el umbral.

Como cada semana, ese sábado nos reunimos a almorzar. Fui el encargado de ir a buscar al tío Juancho a su casa. Sin responder a ninguna costumbre que yo recordara, antes de bajarse del auto me palmeó el hombro y me dijo que tenía que confiar en el Señor. El sol de invierno entraba bastante en el living y caldeaba la atmósfera. Cuando le pregunté a Mónica por qué no había venido con los niños, me dijo que la mamá le había pedido que no los trajera. Al parecer quería contarnos algo. Tampoco Pedro y su mujer trajeron a los suyos. Para mí era evidente que se anunciaría la renuncia de mi hermano. Lo veía pasearse de un extremo al otro y a su mujer la noté más ansiosa que en otros almuerzos, y eso que la ansiedad era la tónica de su carácter. Samuel fue el último en entrar al living. El pelo mojado y peinado hacia atrás no le quitaba el sueño todavía de sus facciones, como si las protuberancias tomaran tiempo en separarse y darles espacio a sus ojos y su nariz. Guillermo había preparado pisco sour, la nana Juanita dejó dos bandejas con trozos de focaccia, mi madre y mi padre se hallaban sentados juntos en uno de los sofás, el que estaba en la pared opuesta a la del cuadro de Susanna. Casi nunca se sentaban juntos en el living. Mi madre le pidió a Samuel que cerrara la puerta que daba a la entrada.

—Su padre está enfermo —fue lo primero que dijo. Mi padre balanceó la cabeza para mirar a uno y otro lado en busca de nuestras reacciones.

Entre ambos nos entregaron la principal información de la enfermedad. Le causaría un debilitamiento progresivo de sus funciones motoras, afectando la flexibilidad de sus músculos y la capacidad de hacerlos responder a las órdenes del cerebro. A la larga se verían disminuidos incluso el ánimo y el habla. No perdería la lucidez, pero podría tener problemas para expresarse. Mi madre quiso darnos esperanzas al decir que podían pasar muchos años antes de que las cosas se pusieran difíciles. Había un remedio nuevo que sería de gran ayuda en el control de los síntomas. Nos contaron cómo se habían dado cuenta de que estaba enfermo, del accidente cerebral durante el viaje a Europa, del paseo por las consultas de cuanto neurólogo de fama hubiera en Chile. Los asediamos con preguntas. Existía la posibilidad de realizar un implante de células de las glándulas suprarrenales en el lugar del cerebro donde había dejado de producirse la dopamina —el neurotransmisor cuya ausencia provocaba tamaño descalabro—, pero era una operación riesgosa que no se hacía en Chile y los doctores no la recomendaban para el caso de Ricardo. Mi madre le pidió al tío Juancho que hiciera una oración. Nos pusimos de pie. Pedro tuvo que detener su paseo inquieto durante el rezo. Nos volvimos a sentar y mi madre nos hizo callar con un gesto de su mano.

—Por la enfermedad del papá, ahora Pedro va a ser el gerente general de la fábrica. Ricardo va a tener el cargo de vicepresidente ejecutivo y el presidente ejecutivo seguirá siendo el tío Flavio.

No daba para felicitaciones.

—¿Y la fábrica se va a salvar de la crisis? —preguntó Mónica.

A lo que Pedro respondió:

—Si el país entero no termina de quebrar, la fábrica ya pasó la peor parte.

Con los años fui conociendo los detalles de la negociación. Susanna le había hecho saber a mi hermano sobre la enfermedad de Ricardo y lo había conminado a permanecer en la fábrica como representante de la familia. No podía abandonar sus deberes en una situación así de grave. A cambio, Pedro había exigido mayor autoridad y autonomía. Sería imposible representar bien los intereses de los Orezzoli como un simple gerente de operaciones. El tío Flavio estaba demasiado acostumbrado a mandar y no vería en él a un igual si su posición no cambiaba.

Mi padre comenzó a volver más temprano. A las cuatro o cinco de la tarde ya se había sentado en el sofá del estar. Mientras no llegara mi madre, no encendía el televisor ni tampoco recurría a una revista, ni qué decir a un libro. Miraba el jardín, el que nunca antes había llamado su atención. Su presencia en la casa a esas horas alteró el ritmo normal de los días y puso presión sobre Susanna para que terminara sus diligencias antes de lo acostumbrado. Él resentía que ella no estuviera esperándolo, se notaba perdido, imposibilitado de decidir qué hacer, aunque la decisión fuera tan trivial como sacarse los zapatos para ponerse pantuflas.

Aparecieron síntomas con los que resultó difícil lidiar. El menos importante quizá, me sacaba de quicio. Al verse enfrentado a una puerta, Ricardo acortaba el paso hasta quedar reducido a un infructuoso temblor de piernas. Al principio se resistía a que lo ayudáramos a trasponer los umbrales. Decía que podía hacerlo solo. Yo me impacientaba durante la espera. Para liberarlo de la sensación de estrechez, le abría de par en par las puertas del living, el comedor y el estar, que tenían dos hojas, y aun así, titubeaba y demoraba el paso. «Ya, pues, papá, si es solo una puerta.»

Qué raro y qué vergonzoso es que yo creyera en esa época que Ricardo lo hacía para incordiar. Me resultaba un síntoma tan incomprensible que se lo achacaba a él, a su necesidad de llamar la atención en su debilidad. Como si nos quisiera enrostrar el hecho de estar enfermo. Susanna me sorprendió una tarde poco menos que gritándole que entrara al living de una vez por todas. Ella se acercó, lo tomó del brazo, le habló al oído, y diciéndole que darían el próximo paso juntos, logró que avanzara. Luego me llamó a su dormitorio y me advirtió llena de ira que la próxima vez que me viera tratando así a mi padre, me echaría de la casa. La hesitación ante las puertas era uno de los primeros síntomas del párkinson y yo debía mostrarme paciente, porque nada de lo que Ricardo hiciera era para importunar a los demás. ¿Es que no me acordaba de cómo era mi padre antes de que enfermara? ¿Es que no me acordaba de cómo se movía por la casa? ¿Creía yo que ese mismo hombre iba a ponerse a temblar ante una puerta para hacernos difícil la vida?

De noche se ponía rígido, lo que implicaba que Susanna tenía que levantarse para ayudarlo a cambiar de posición, o sentarlo a un costado para que pudiera orinar en una bacinica. Y si llegaba a tener necesidad de ir al baño, la tarea se tornaba desafiante. Susanna se vanagloriaba de la fuerza que tenía y se felicitaba por no haber abandonado sus ejercicios de gimnasia matutinos. Iba con él al baño, lo sentaba en la taza del escusado, y cuando estaba listo, era capaz de alzarlo sin ayuda. Cuando ya mi padre perdió la fuerza de sus músculos por completo, se vio obligada a contratar una enfermera que velara desde el sofá. Lo más humillante para Susanna fue perder la escasa intimidad que les iba quedando.

En la mesa aparecieron signos preocupantes. En ocasiones Ricardo quería decir algo, pero perdía la seguridad en medio de la frase y dejaba la idea sin terminar. O cuando estaba por echarse la comida a la boca y lo que fuera que estuviera comiendo iba a dar a sus pantalones. Para que no se manchara, Susanna le compró un babero que se anudaba al cuello y le cubría todo el pecho y parte de las piernas.

Toda la situación me causaba enojo, en especial la esclavización que implicaba para mi madre. Su vida se había convertido en la de una cuidadora de enfermos. «Negra», la llamaba Ricardo sin cesar, si ella se encontraba en la casa. Había perdido la libertad de ir y venir de una actividad a la próxima, como le había gustado hacer toda su vida. Ya no podía leer o escuchar música en su escritorio, ya no podía estudiar por su cuenta o guiada por alguno de los tantos profesores de los cursos que tomaba, ya no podía pasarse horas trabajando en el jardín. Lo sorprendente era que tomaba esa carga con una levedad de ánimo admirable. Pocas veces la vi exasperarse, y la pérdida de libertad no la enervó ni tampoco la deprimió. Enfrentaba cada día con entereza y atendía a Ricardo con dulzura.

La pregunta que todavía me hago es de dónde nacía esa rabia mía, arbitraria e inhumana. Había una cuota de egoísmo juvenil, la sensación de que ese hombre con su enfermedad me escamoteaba la supuesta plenitud que debía experimentar. Crecía también una protesta por el hecho de que fuera una obligación para mi madre atenderlo. No creo que él hubiera estado dispuesto a pasar día y noche pendiente de las necesidades de Susanna, de haberse dado el caso contrario. Pero había algo más, una rabia original, el hecho de que la mayor parte de mi vida le había tenido miedo. Llegó a ser tan autoritario que en nuestra relación ya no hubo espacios de intimidad. Fue solo un sí o un no, jamás un cómplice, jamás un testigo, con la excepción de los primeros años en el sur. Fue un hombre al que rendirle cuentas, escritas en una libreta de notas o en el informe de fin de año de la universidad. También por eso detestaba a Pinochet. Lo que Ricardo y mis hermanos celebraban del dictador, su manera de ejercer el poder, para mí constituía un ejercicio de desprecio, de crueldad, de barbarie: tal como mi padre había sido cruel conmigo al convertirse en un simple administrador de disciplina, en un tomador de examen, en un cartógrafo de límites, ahora yo usaba el pequeño poder de mi juventud para vengarme. No es justificación suficiente para tanta inquina, pero es la única en que puedo pensar.

Apúrese,

pase,

trague,

no hable si no va a decir nada,

no llame a la mamá,

quédese ahí,

no tiene para qué ir a la pieza,

no conteste el teléfono,

no pida cosas que no le pueden traer,

quédese quieto,

no moleste.

Una vez me pidió que le recordara cuánto medía el volcán Villarrica y no le respondí.

Me vengaba porque no me había sentido amado, como después no me sentí amado por mis hermanos. Mi madre insistió por muchos años en que Ricardo me había querido igual que a todos sus hijos. Que yo me había llenado la cabeza de reproches por ser distinto y que había olvidado la cantidad de veces que él había sido tierno y cariñoso conmigo. Para que lo comprobara, me regaló una foto en la que aparezco en brazos de él y me mira con una mezcla de orgullo y ternura. Yo debo de haber tenido poco más de un año y me veo gordito como un cachorro de bulldog. Mi padre está de traje, pelo engominado y una sonrisa que parece decir: que lindo este niño que me pasaron para tenerlo en brazos antes de salir. La foto no es la de un padre que se quedara, que jugara conmigo, sino de uno que está yéndose, dejándome en mi encierro. A mí, el último, el concho, el tan distinto a él, el llorón y apegado a su madre, me dejó ahí, enredado en las faldas de Susanna. Por eso atesoro ese viaje juntos. Fue la única vez que sentí que él podía ser fuente de libertad.

23. 1986

El tío Flavio le propuso a mi padre que aprovecharan la oportunidad que se abría con el remate de varias empresas estatales y compraran Indumet. Había sido la principal industria de Bruno Orezzoli —expropiada también en tiempos de Allende— y ya era hora de que volviera a la familia. Hablaba en esos términos porque era casado con la hermana menor de la mujer del tío Bruno. Las sinergias —esa fea palabra que recién asomaba al léxico empresarial en el año 86— entre Indumet y Comper eran evidentes. Ambas compraban metales para convertirlos en cables, planchas, cintas y perfiles: Comper, acero, Indumet, cobre. Podrían convertirse en los más grandes procesadores secundarios de metal, justo cuando la internacionalización del país tomaba fuerza y auguraba una mayor diversidad de compradores. Para entonces, la salud del papá se había derrumbado: le costaba trabajo hacerse oír, se apoyaba en un bastón para caminar, sus días en la fábrica se habían reducido a una presencia fantasmal durante las mañanas, tiempo que empleaba en su mayor parte dando vueltas por los galpones en un carrito de golf que le habían comprado para ese fin. Hasta un chofer tenía para que lo acompañara. Le alegraba recibir los saludos de la gente, sentir en su cuerpo la vibración del constante movimiento que él había ayudado a poner en marcha, aunque seguramente la actividad que recorría el interior de la planta le resultaba cada vez más intimidadora. Ricardo le pidió a su gran amigo que en adelante tratara los negocios con su hijo Pedro. Él ya no pensaba con claridad. Yo creo que a esas alturas el párkinson lo había hundido en una depresión que nunca asumió y cualquier cambio al mundo conocido lo aterraba. No es difícil imaginar lo indefenso y asustado que debió de sentirse frente a una aventura de tales proporciones. El tío Flavio no estuvo dispuesto a discutir el tema con Pedro. Tal como él había confiado a ojos cerrados en Ricardo en tantos momentos de la vida, Ricardo ahora tenía que confiar en su intuición. La mayoría de las compras e inversiones las había impulsado él y no podía reprocharle que tuviera mal olfato. Seguro que mi padre respondió con una mirada de súplica. Era demasiado para él. Solo quería estar en su casa, entregado a los cuidados de su Negra. Volvió a pedirle a Flavio que por favor hablara con Pedro.

Flavio le planteó a Pedro la posibilidad del negocio como un asunto decidido y mi hermano reaccionó mal. ¿Para qué querían arriesgar la estabilidad que habían alcanzado después de la crisis con una inversión de ese tamaño? Indumet era mucho más grande que Comper, bastaría con un tropiezo en su operación para hundir las dos empresas de una sola vez. Pedro pidió estudiar en detalle las finanzas de Indumet. El tío Flavio perdió la paciencia y exigió su derecho a tener la última palabra.

Una vez más se sucedieron las deliberaciones en el dormitorio de mis padres. Si Ricardo ya no podía lidiar con el ímpetu del tío Flavio, Pedro debía tomar el papel de socio, como representante de la familia. Él sería quien firmaría cualquier decisión que involucrara los bienes de los Orezzoli. Mis padres no tenían otra salida. El tío Flavio se indignó.

¿Creían que iba a tratar con un «cabro chico», engreído y quisquilloso, sobre los negocios que se debían o no se debían hacer? Su socio era Ricardo y si no estaba bien de salud, tendrían que confiar en él. No se construía confianza entre dos personas por obligación. Con mi padre la habían robustecido a lo largo de cuarenta años y no le daba la gana tener a esas alturas un nuevo socio, ni aunque fuera uno de sus propios hijos. Si Ricardo y Susanna no lo escuchaban, no había sociedad posible. Mi madre se tomó este ultimátum como una afrenta personal. Le escribió una carta diciéndole que no confiar en su hijo equivalía a no confiar ni en Ricardo ni en ella. ¿Cómo era posible que pretendiera que nadie de nuestra familia participara de las decisiones? Cuando hablaba en términos peyorativos de Pedro, ofendía a la familia completa. Peor aún, estaba siendo cruel. Era lo que más le dolía de su emplazamiento. ¿Se había puesto siquiera a pensar en su amigo, en las dificultades de su enfermedad? ¿No comprendía la angustia que le causaba la situación? ¿No comprendía que solo estaba pidiendo un poco de tranquilidad? Jamás habría pensado que era incapaz de un mínimo de compasión hacia el hombre con el que había compartido una vida entera. Mi madre hizo una copia de esa carta y nos la dio a leer a todos sus hijos. Era una carta larga, dolida, diría que hasta brutal en sus juicios. Ella quería dejarnos en claro la deslealtad del tío Flavio al tomar una postura imposible de aceptar. Con los años me he convencido de que él tenía razón. Nadie puede obligarte a cambiar de socio, sobre todo si tu nuevo socio no te cae bien.

Al final no postularon al remate de Indumet. La empresa se vendió en seis millones de dólares de la época. Casi treinta años más tarde ha llegado a valer mil quinientos millones de dólares en bolsa.

El tío Flavio y su hijo se atrincheraron de un lado, Pedro y Samuel —que había entrado a trabajar a Comper dos años antes— del otro. No había posibilidad de administrar una empresa de ese tamaño si sus principales ejecutivos apenas se dirigían la palabra. Samuel me ha contado que a veces el tío Flavio explotaba y culpaba a Pedro de todo. Lo tildaba de intrigante, de manipulador, hasta de «serpiente» lo trató una vez, por lo frío y lo traicionero. Pedro no se alteraba, simplemente repetía que estaba cumpliendo con el deber que su padre le había encomendado.

Hubo un último intento del tío Flavio para recuperar el poder que creía suyo y que, desde su perspectiva, mi hermano pretendía arrebatarle. Si mi familia no aceptaba que él ejerciera el mando, dejaría de ser socio de mi padre. Ricardo adquirió ese gesto definitivo que el párkinson le inflige a sus víctimas: el de un niño absorto, lleno de arrugas, la boca a medio abrir, los ojos entrecerrados. Tampoco creo que hubiera visto antes a mi madre así de desesperada. El enojo se había esfumado. Volvió a caminar por la casa con sus ojeras colgando, a llevar el pelo fuera de lugar, a sentarse con sus miembros dislocados. Pedro en cambio conservó la cabeza en su sitio y en vez de arredrarse le presentó a Susanna una manera de separar aguas con el tío Flavio sin que implicara comprometer el futuro de la fábrica. Se venderían todos los activos en los que Flavio y Ricardo tenían participación minoritaria y con ese dinero, más ahorros y préstamos, cada familia haría una oferta por la otra mitad de Comper. Las ofertas se abrirían al mismo tiempo en presencia de testigos de ambas partes. El que ofreciera más se quedaría con la fábrica y el otro con el dinero.

Seguro que Ricardo lo vivió como un fin de mundo. Aquello que había creado con su trabajo enfrentaba su fin. Aun así, aceptó la propuesta de Pedro, con el combativo apoyo de mi madre. Las relaciones con Flavio habían quedado tan a maltraer, repetía ella, que no había forma de recomponerlas. Y seguramente estaba en lo cierto, aunque con esa decisión Ricardo diera un par de pasos largos hacia la tumba. De ahí en adelante su vida se debatió entre las cada vez más extremas limitaciones que le imponía su cuerpo, la voz acunadora de Susanna y la inminencia de la muerte.

El 5 de diciembre de 1986 se abrieron las ofertas. Los Orezzoli nos quedamos con la fábrica, el tío Flavio y los suyos con el dinero. Cuántos quiebres familiares nos habríamos evitado si hubiera sido al revés.

24. 1987

Nos agolpábamos a la entrada de un gimnasio de la ciudad de Boston. Tres bandas tocaban esa noche. En la confusión que se produjo cuando abrieron las puertas, perdí de vista a los amigos con que había ido. Por fuera era un antiguo edificio de ladrillo, mientras que por dentro resultaba ser indiferenciable de cualquier gimnasio moderno, con la multicancha en medio y las oscuras graderías alrededor. Al fin había encontrado la forma de escaparme a Estados Unidos. Había llegado a esa ciudad hacía menos de un mes, y cursaría un máster en ingeniería industrial en el MIT durante los próximos dos años. Mientras recorría las nucas que se encontraban delante de mí, los perfiles a lado y lado, y los rostros donde iba a estallar la violenta iluminación que surgía del escenario, me detuve en un tipo de aspecto rudo, cabeza cuadrada, pelo corto y patillas bajando hasta prácticamente la línea de la mandíbula. Llevaba puesta una estrecha polera blanca que hacía lucir su cuerpo de estibador. Daba la impresión de que la polera iba a reventar debido a la presión de sus bíceps, sus pectorales y su panza. Yo aún no reconocía los estereotipos del mundo gay, y encontrarme con aquel, quizás el más común de todos, me llenó de curiosidad. Con el tiempo, esa primera experiencia me hizo aceptar la tiranía del estereotipo. Tuve suerte de que fuera Tino quien estaba bajo el mil veces repetido disfraz y no un miembro de la familia de amebas que se apropian de esa apariencia con tal de hacerse de una personalidad. Cuando hablamos acerca de esto, Tino me explicó que se vestía de ese modo cuando salía de caza y que, a pesar de lo absurdo, resultaba eficaz. Así ocurrió la noche del recital. He llegado a pensar que un cuerpo musculoso, lucido a través de una polera blanca es un fetiche tan fuerte como una minifalda dejando ver unas bellas piernas de mujer. Eso sí, no puede ser cualquier par de piernas como tampoco cualquier torso. Tino sabía que cumplía con las condiciones para exhibirse. Su pecho y su espalda, magnificados por una rutina de ejercicios, eran el mejor par de piernas que yo hubiera visto hasta ese día.

Hubo un detalle más que me atrajo de él. Se notaba que era una polera vieja. La leve transparencia del algodón y el cuello desbocado la delataban. Incluso tenía una perforación, producida tal vez por una quemadura de cigarro. Al conocerlo mejor, comprendí que Tino no daba con la nota de pulcritud requerida por el estereotipo, y que su aspecto dejaba escapar un aire de desaliño. Seguro que me detuve en él más de lo debido, porque me devolvió una mirada inquisitiva, como si me preguntara el motivo de tan exhaustivo examen. Alzaba sus manos palmas arriba, en un gesto que parecía decir «Y bien, ¿te gustó?». Me ruboricé. Me llevé las manos al rostro, me restregué los ojos y me concentré en la solista de la primera banda, una mujer de rasgos tahitianos que entre las frases melódicas lanzaba gritos agudos. Permanecía alerta al flanco donde se hallaba Tino. Lo vi moverse entre la gente y llegó hasta mi lado. Mi pulso se sobresaltó. Me continuaba mirando y yo no sabía qué pensar. Aun cuando tenía una sonrisa en el rostro, no creía posible que estuviera interesado en mí. Temía que su intención fuera increparme por mi desfachatez. Pensé que se burlaría de mí, que me diría algo del estilo «miren al mariquita que se calentó con un buen pedazo de carne». De pronto sentí el roce de su brazo velludo contra el mío. Mis mejillas se incendiaron frente a sus ojos. Se coló detrás de mí. A pesar de su anchura, se movía con facilidad a través de los intersticios de la multitud. Sentí que se apegaba a mi espalda y que me respiraba en el cuello. Yo era bastante más alto que él. No sabía si huir o dejarme llevar. Su aspecto se salía por completo de la norma de un estudiante universitario. De pronto pensé que podría asaltarme. Comenzó a moverse. Me costó unos segundos descifrar lo que estaba haciendo. Me estaba punteando. A nuestro alrededor algunos bailaban, otros cantaban y aplaudían con las manos alzadas sobre sus cabezas. Nadie parecía darse cuenta de lo que estaba ocurriendo. Me tomó de la cintura. Miré su mano de dedos gruesos, a primera vista hecha para trabajos pesados, pero con las uñas muy bien cuidadas. El delicado olor de la humedad que brotaba de su cuerpo también se contradecía con el resto de su apariencia. Había un descuido general y un cuidado particular que no lo hacía ni porteador ni príncipe, quizá la impresión que daba, y que me atrajo, fue que era ambas cosas a la vez. Acercó su boca a mi oído y me pidió que bailara:

—*Come on, boy, dance along with me.*

Me dejé llevar por su balanceo. En medio de mi confusión, divisé a uno de mis compañeros del máster, tres o cuatro filas más adelante. Verlos me entumeció el cuerpo e intenté el más pueril de mis saludos, levantando mi mano.

—*Such a good boy* —me dijo, y se aferró más a mí. Podía sentir su erección.

Quizá para evitar que la presencia de mis amigos me separara de él, me tomó de una mano y me guió hacia la salida. Tres tipos lo saludaron en el camino, lo que me dio algún grado de confianza. Se detuvo en medio del oscuro pasillo que desembocaba en la calle y se volvió hacia mí. El ruidoso final de la banda hizo vibrar nuestros cuerpos. Con la misma sonrisa sobria de unos minutos antes, me tendió la mano y gritó para hacerse oír entre los aplausos. Se llamaba Konstantinos Gianakopoulos, estaba haciendo su internado de cirugía en un hospital cercano y le decían Tino.

Bastó que pronunciara su nombre para que la suma de los detalles de su aspecto se tornara coherente. Ahora podía entender sus ojos grandes y caídos, sus cuencas oscuras, sus antebrazos velludos, su boca sobresaliente, su barbilla cuadrada, la barba dura y sombría. El que fuera aspirante a doctor explicaba el cuidado de las uñas y el aroma a limpio que emanaba de su cuerpo. Salimos a la calle y nos subimos a un Volkswagen color plata de cuatro puertas, un sedan, y no el auto deportivo del que yo lo había imaginado dueño.

—¿Dónde vamos?

—A mi departamento. ¿O quieres seguir bailando? —la ironía le sentaba bien a su rostro—. Vivo solo.

Era una noche calurosa y húmeda de principios de octubre, en la mañana había llovido y yo seguía sin entender ese clima que supuestamente iba a enterrarnos dentro de nada bajo un metro de nieve. Había algo genuino y determinado en su manera de hablar. Tácitamente, me exigía que dijéramos las cosas por su nombre y no nos hiciéramos los desentendidos. Esa pauta me ayudó a no caer en la tentación de engañarme. Éramos dos hombres que íbamos a tirar. Por primera vez en muchos años no tuve que disfrazar mi deseo de otra cosa. Mi deseo también era el deseo del otro. Mientras manejaba, Tino apoyó su mano en mi pierna, pero no para tocarme con ansiedad; antes era un acto de posesión que una muestra de calentura. A medida que nos acercábamos a su territorio, sentía que él deseaba afirmar su autoridad sobre mí, deseaba hacerme sentir que yo era su conquista, que terminaría por pertenecerle.

Entramos a los estacionamientos subterráneos de un edificio de siete pisos, situado en Blackstone Street, en el barrio de Cambridge. En el ascensor nos quedamos mirando fijamente. Yo no sabía qué hacer, pero no me inquieté. Me sentía seductor. No tenía que actuar para que las cosas fueran de tal o cual manera, sino que tenía que dejar que ocurrieran. Tino sí parecía estar seguro de lo que hacía. Apoyó las palmas de sus manos en mi pecho sin moverlas, soltó un bufido acompañado de una mirada seria.

Vivía en un estudio, con solo el baño separado del recinto principal. Las paredes de ladrillo lo volvían acogedor. Tenía una bonita vista del río Charles, sobre cuya superficie se reflejaban las luces de la ciudad. Dentro, una luz brotó a través y alrededor de una sombrilla de papel, desplegada contra el techo. Tino puso música y de camino al refrigerador me ofreció una cerveza. La cocina estaba delimitada por un mesón con cubierta de madera. Me senté en un gran cojín que había a los pies de la ventana. Dejé vagar la mirada por la habitación. A mi lado, crecía una pila de revistas. Tomé un ejemplar de *Interview*. No había visto antes esa revista. En la portada venía una foto de Madonna, pero con retoques que le daban la apariencia de haber sido pintada a mano. Me ofreció que me la llevara. Traía un cupón para suscribirse. Asentí. Él dejó la cerveza sobre el mesón, se sentó a mi lado, me pasó una mano por la espalda y la otra por el interior del muslo. Dejé la revista. Me abrazó con fuerza. Nos quedamos así un momento. Luego él se echó hacia atrás y nos besamos.

Adelantó sus manos y comenzó a desabrocharme la camisa. Movía los ojos entre mi rostro y los botones. No parecía tener ningún apuro. Se desprendió de la polera. Ambos recorrimos el pecho del otro con nuestras manos. El suyo estaba completamente cubierto de vello negro y suave. Su panza también. Me incliné hacia él y metí mi nariz en medio de su pecho, en el lugar más denso de sus pelos. El olor me enardeció. Me tomó de la mano y me llevó hasta la cama. Me hizo sentarme en el borde. Se abrió los botones de sus jeans y dejó expuestos sus calzoncillos. Me tomó de la cabeza y me acercó el rostro hasta su estómago. Me puse a lamerle los pelos alrededor del ombligo y luego la erección a través del blanco algodón. Cuando iba a sacarla afuera para chupársela, no me lo permitió. Me ordenó ponerme boca abajo. Una vez en esa posición, me sacó las zapatillas, los calcetines, tiró de mis jeans y me dejó en calzoncillos. Lo oí moverse dentro de la habitación. No podía controlar un temblor que me recorría el cuerpo. No pasó más de un minuto antes de que sintiera sus manos acariciándome la espalda con fuerza. Me tomaba de los hombros y luego bajaba hasta la cintura sin aliviar la presión. No era un masaje, sino más bien un brusco reconocimiento. Luego comenzó a amasarme el culo. Me lo apretaba con cierta crispación en los dedos, como un niño a punto de romper el juguete de tanto placer que le produce. Sin tomarse demasiado tiempo, se puso a horcajadas sobre mí. Me bajó los calzoncillos lo justo y necesario. Alcé instintivamente las caderas. Tomó una almohada y me la pasó por debajo. Fue delicado al principio, no forzó la entrada, incluso amenazaba con metérmelo y después se contenía. Llegado un momento me penetró. Mi cuerpo era una cuerda vibrante. Me arrancaba extraños gemidos, como si vinieran del fondo de otro ser agazapado dentro de mí. Al cabo de un rato me vine abajo, me desmoroné, me convertí en una masa atravesada por los espasmos. Él continuó penetrándome hasta cortar el último hilo de resistencia. Quedé tendido, exánime, desorientado, como si fuera una prenda más de la ropa de cama que había desordenado con mis manos.

Durante la semana que siguió, Tino debió cumplir turnos de noche. Llegaba a su departamento a eso de las ocho y media de la mañana, tomaba desayuno y se dormía hasta que yo lo despertaba a media tarde con mis timbrazos. Me abría la puerta y en menos de un minuto yo estaba desnudo reclamando toda su atención. Cada uno de esos días fueron una oportunidad para vengarme de mis años de privaciones. No estaba dispuesto a desperdiciar ni un solo instante. De solo pensar en esa época en que me desgarraba por dentro al ver un antebrazo cubierto de vello, me impulsó a lanzarme sobre el cuerpo de Tino con el ímpetu propio de un desquiciado. Él llevaba más de siete años acostándose con hombres, la mayoría de las veces en ese mismo departamento. Sus padres eran ricos comerciantes del Pireo y le pagaban ese lugar para que estuviera cómodo. Y aun cuando yo era una más de sus tantas conquistas, se mostró dispuesto a satisfacer mi avidez. Día tras día, sin descanso, me ofreció su cuerpo. En una semana, tiré con él un mayor número de veces que con Mariano durante dos años. Por primera vez en la vida sentí que no se me iba el alma en cada migaja de deseo que otro experimentara por mí.

Un mes más tarde estaba convencido de que Tino llenaba todas mis aspiraciones. Era un gran amante, inteligente y apasionado al momento de defender sus puntos de vista, interesado por las cosas que ocurrían a su alrededor y en el resto del mundo. Le gustaba su profesión, no había día en que no llegara del hospital con una historia que le iluminara los ojos mientras me la contaba. Y era un hombre libre para pensar y para actuar. Nada en él me molestaba, por el contrario, admiraba cada parte de su cuerpo y me deleitaban los matices de su personalidad. Hasta nuestras culturas de origen tenían mayor calce de lo que había supuesto. Tino se empeñó en asegurarme que él no estaba enamorado de mí y yo no me cansé de decir que lo amaba. Pero los hechos nos contradijeron. Yo había empezado a mirar a otros hombres. Tino en cambio no hablaba de sus sentimientos ni de que existiera un compromiso, pero me celaba. Fuimos a un par de fiestas gays, de gente conocida suya. Como yo era nuevo en el ambiente, recibía miradas y más de alguna proposición. Una noche que me quedé a dormir con él, me despertó en la madrugada pegándome en el pecho con la palma abierta.

—No tenías para qué ser tan coqueto, no tenías para qué dejar caliente a toda la fiesta. A ese rubiecito de Maine le faltó poco para lamerte como a un helado, ¡delante de todo el mundo! No lo hagas más, por favor. Si estamos juntos, te pido que no lo hagas más.

Poco después, en una fiesta de *undergraduates* conocí al director del diario de los estudiantes de la universidad, un californiano de ascendencia ucraniana. Tenía veintiún años, aunque representaba treinta. Me metí con él y dejé de aparecerme por el departamento de Blackstone Street. Tino no me lo reprochó.

Hasta hoy agradezco que haya sido él y no otro quien me guió en ese tiempo primero.

25. Julio de 1989

Regresé a Chile después de haber recibido mi título vestido de toga y birrete. Vine acompañado de Alice, una mujer menor que yo, con la que había hecho amistad. Un día me dijo que le gustaría conocer mi país y yo la invité a venir conmigo. Aceptó con tanto entusiasmo que después no tuve cómo desdecirme. Mi madre se complicó con la noticia. No podía alojarla en la casa si era mi novia. Tuve que decirle cuatro veces que no lo era para que me creyera y para que aceptara que durmiera en el dormitorio que había sido de Samuel. Pero cuando la vio en el aeropuerto, volvió a dudar y a insistir en que, si era mi novia, no era apropiado que se quedara con nosotros. Era una mujer despampanante en realidad, quizá demasiado. Medía un metro ochenta, tenía una larga cabellera crespa y rubia, sus espaldas eran más anchas que las mías. Había llegado a ser seleccionada nacional de natación de EE.UU. y no pudo participar en los juegos olímpicos de Seúl porque se enfermó de hepatitis dos semanas antes de partir. Si uno se detenía a observarla, pasada la primera impresión, podía darse cuenta de que sus rasgos distaban de ser perfectos. Las mejillas hinchadas, los pequeños ojos azules y la nariz respingona, en medio de un rostro por lo demás insulso, le daban un aire porcino difícil de obviar una vez que uno se percataba de él.

Ella se quedaría tres semanas y ya al cuarto día yo había comenzado a sentir el peso de su presencia.

No resultó ser la mujer independiente que me imaginaba, al punto de que no se atrevía a salir a la calle si yo no la acompañaba. Alice sabía que yo era gay, pero tal vez albergara algún sentimiento hacia mí. Nunca se lo pregunté. Mi mente estaba muy lejos de ella y completamente enfocada en hacerme una idea de qué significaba ser gay en Chile. Así fue como una noche le pedí a Rosario y a Mariano que la invitaran a comer, porque yo tenía un compromiso al que no podía llevarla. Mariano quiso saber adónde iría, pero me saqué de encima sus preguntas con evasivas, sugiriendo de algún modo que se trataba de un encuentro romántico y posiblemente sexual. Él se mostró sorprendido de que mi encuentro no fuera con la gringa que me había traído de Estados Unidos.

La única referencia de un lugar gay que tenía en Chile era de mi hermano Samuel. Hacía ocho años me había contado que una polola suya lo había llevado a una discoteca gay en Bellavista. Fausto, se llamaba. Yo no había olvidado ese nombre. Me dispuse a recorrer todas las calles del barrio hasta encontrar alguna pista de dónde podía quedar la discoteca. Tuve suerte. No más cruzar el puente del Arzobispo vi a un hombre amanerado caminando sobre el puente, en sentido contrario al mío. Detuve el Mazda 929 que me había prestado mi madre, bajé hasta la mitad la ventana del copiloto y le pregunté si sabía dónde quedaba el Fausto. Sí, chilló, estaba media cuadra más arriba, subiendo por Santa María. Si yo quería, él podía mostrarme dónde quedaba. Me lo dijo con una coquetería destemplada. Estaba borracho. Siguió con su cháchara, mientras yo subía la ventana para impedir que asomara la cabeza dentro. Se quedó gesticulando al otro lado del vidrio cuando eché el auto a andar.

Me costó dar con la entrada. No había ni una luz ni tampoco un cartel que identificara el lugar, y el pórtico se hallaba casi sepultado bajo una gran enredadera de hiedra. Enfrente habrían unos diez o doce autos estacionados en diagonal, junto a la vereda que corría al costado norte del Mapocho. Me quedé unos cinco minutos dentro del auto. Quería descifrar alguna clave del movimiento que había en torno a la entrada. Vi llegar a dos hombres que me dieron buena espina. Parecían simples oficinistas. También quería medir el peligro de que alguien me viera entrando ahí. Santa María era una avenida por la que subían muchos autos desde el centro de la ciudad hacia los barrios altos. Cuando estuve cierto de que no venía ningún auto, me bajé y crucé corriendo la calle hasta la entrada. Casi choqué con un portero que no se extrañó de mi carrera ni de mi agitación. La entrada valía mil quinientos pesos, con un trago incluido. Para llegar a la barra y la pista de baile había que subir una escalera en dos tramos. Todo el lugar era pequeño. La máxima cantidad de luz ambiente se reunía junto a la barra, con las repisas de licores iluminadas reflejándose en la cubierta de espejo donde recibí mi vodka tónica. La pista estaba un peldaño más abajo. En la oscuridad bailaban cinco personas, al parecer un grupo de amigos que no tenían interés los unos por los otros, porque se movían como si estuvieran exhibiéndose para la docena de hombres que se encontraban apoyados en la barra. Tuve el impulso de salir corriendo, pero me contuve. Junto a mí había un hombre de barba, de aspecto demacrado, vestido de negro. Algo en él, quizá cierto aire de desamparo, me dio confianza. Le pregunté si ese era el único lugar gay en toda la ciudad. Me dio una clase magistral de los sitios que había para ir. Él era farmacéutico de Rancagua y venía a Santiago a bailar al menos dos noches a la semana. Estuvimos conversando un buen rato, hasta que sentí mi curiosidad satisfecha. Al momento de despedirme, intentó darme un beso en la boca, pero yo corrí la cara a tiempo y le respondí con una sonrisa de disculpas.

La noche siguiente volví a ir, ahora acompañado de Alice. Había más gente que el día anterior. Estuvimos bailando un rato en la pista oscura y luego fuimos a pedir un trago. Una de las caras cercanas me resultó conocida. De pronto recordé quién era. Antes de irme a Estados Unidos había tomado cursos de inglés en el instituto Sam Marsalli y uno de mis compañeros llegaba a clases con calzas y zapatos de baile. Era elocuente con sus manos, de nariz ganchuda y piel morena, muy cómico al realizar los ejercicios de pronunciación. Me acerqué a él y me presenté. Al principio fingió que no me conocía, pero después pude darme cuenta de que sabía perfectamente quién era yo y que tenía muchas más referencias mías de las que recordaba haber dado en clases. Me contó que había sido durante muchos años pareja del dueño de la discoteca, pero que se había aburrido y tenía decidido irse a vivir afuera. Por eso seguía tomando cursos de inglés. Él fue quien me habló por primera vez del quién es quién de la sociedad gay chilena. Los feminizaba al nombrarlos, la Fernández, la Astaburuaga, afectando un acento francés, lo que no dejaba de ser gracioso. Alice no entendía ni una pizca de lo que estábamos hablando, pero con solo observar los gestos de «la Pato» —así se hacía llamar él— se moría de la risa. De pronto, entre tanto apellido, dejó caer el de José.

—¿Pardo? ¿José Pardo?

—La misma. Esa se pasa metida aquí.

—¿Cuándo viene?

—No se pierde ningún sábado.

Conocía a José de mis vacaciones en Villarrica. Él iba a Pucón con su familia y era de los hombres más populares del lugar. Yo era una especie de afuerino a su lado. Si llegábamos a ir con Samuel y nuestros amigos al Hotel Pucón en la noche —donde los jóvenes de ese tiempo íbamos en busca de la manada—, nos apostábamos en una esquina a observar, aislados, inseguros, viendo cómo José y sus hermanas dominaban la fiesta, rodeados de un gran grupo de gente. Me gustó la primera vez que lo vi y me siguió gustando cada nuevo verano en que nos volvimos a encontrar.

El sábado me apresté para volver al Fausto. Alice prefirió quedarse en la casa. No sé si no quiso acompañarme para no interferir en mis planes o por la simple razón de que el lugar le había parecido deprimente.

Afuera los autos formaban un larguísimo escuadrón junto al río. Tuve que estacionarme lejos y la carrera hasta la entrada fue mucho más exigente. Con la respiración todavía entrecortada, subí la escalera repleta de gente. Las miradas curiosas caían sobre mí, sin disimulo y todas a la vez. Era «carne nueva», como me había dicho la Pato el miércoles anterior. Me quedé cerca de la barra, mirando hacia la pista de baile, sin cruzar miradas con nadie. En uno de los pocos golpes de luz pude divisar a José bailando, rodeado como siempre de amigos. De nuevo era yo el afuerino, el recién llegado. Me tomé dos vodkas y me fui a bailar cerca de él. José fue acercándose a mí, como si se tratara de un desplazamiento natural provocado por el baile. Al llegar a mi lado, se giró de golpe y me dijo:

—Hola, poh, mira donde te vengo a pillar, Marco Orezzoli, nada menos que en el Fausto.

—Aquí estoy —respondí, agachando la cabeza para esconder una sonrisa.

José se acuerda hasta el día de hoy de que yo andaba de chaqueta de cuero, polera blanca y jeans rasgados en las rodillas, una tenida inusual para el Chile de esos tiempos. Él llevaba puesta su impajaritable polera de piqué, con cuello y manga corta.

—¿Y?

—Nada. Me da gusto verte aquí.

—A mí también —dijo— y me dio un par de palmazos de lo más machos en la espalda, no del todo naturales a decir verdad—. Vamos a tomarnos un trago y me contái.

Así fue como empezó la segunda parte de mi vida.

26. Septiembre de 1989

Muchos años más tarde, Samuel me pidió perdón por todas sus agresiones. Nos reunimos en la terraza del Tavelli de Providencia, después de varios años sin hablarnos: dulce en su expresión, cariñoso en su abrazo. Me aseguró que había sido Pedro quien lo había azuzado en cada arremetida. Es muy posible que haya sido así. Pedro tenía y seguramente sigue teniendo la suficiente maña para manipular a su antojo el carácter inflamable de nuestro hermano. Y sin embargo, qué embarazoso debió de ser para Samuel aceptar que fue un títere de Pedro en cometidos tan indignos. Insistió en que le llenaba la cabeza de sospechas en mi contra y que él, el muy imbécil, se las tragaba. Samuel creía que el origen de todo era que Pedro se había atemorizado con la posibilidad de que yo entrara a trabajar a la fábrica, porque «tú eres más que él». Cuando Samuel me ofreció esta confesión, arropado en un candor difícil de tragar, ya se había terminado de pelear con Pedro y lo más probable era que no siguieran trabajando juntos.

Nuestras disputas tenían un punto de origen. En septiembre de 1989, tal como estaba acordado, me incorporaría a la fábrica. Como Pedro se había hecho cargo del área administrativa y financiera y Samuel había tomado la jefatura del área de operaciones, mi responsabilidad sería el área comercial. Me entusiasmó la idea. Me imaginé que sería un trabajo variado y estimulante.

En un viaje que hizo Samuel con su mujer a Estados Unidos, yo les había contado que era gay. Se quedaron conmigo, en mi departamento, donde había espacio para ellos en un sofá cama. Se los dije durante una noche de tragos y confidencias, un borbotón de palabras y de lágrimas. Seguro que ayudó que estuviéramos lejos del control social al que nos veíamos sometidos en Chile. Me abrazaron, me consolaron, me aseguraron que me entendían y que me apoyarían en lo que fuera necesario. Samuel me sugirió que volviera a Chile: no podía pasar por un trance así en un lugar extraño, sin pertenencias.

Cuando la relación con José se afianzó, le conté a Susanna. A pesar de su buena reacción en el momento mismo, pasó un mes muda y atormentada. Un día me dijo que estaba convencida de que me habían pervertido en Estados Unidos. Y al día siguiente me pidió que la disculpara, que comprendiera su angustia. Según la educación que había recibido, la homosexualidad era algo sucio, pero nunca debía dudar de su amor. Me pidió que le buscara literatura para leer un punto de vista distinto al de la religión católica. No había nada en castellano, así es que le pedí a un compañero del MIT que me enviara los tres libros que yo había leído estando afuera.

Poco tiempo después nos reunimos con mis hermanos para definir los términos de mi ingreso a la fábrica. Fue en la oficina de Samuel. Pedro entreabrió la puerta, asomó su rostro ancho, su nariz respingona, sus mejillas sueltas y su boca delicada, y preguntó si podía pasar. Una vez dentro, no se sentó. Se apoyó contra la pared, con las manos por detrás de la espalda, muy cerca de la puerta. Era una reunión inaugural y él se comportaba como si se aprestara a salir corriendo a la primera señal de conflicto. Me ofreció el cargo de subgerente de marketing. Tenían un gran gerente comercial y mi principal tarea sería aprender de él. Recibiría un sueldo de ochocientos mil pesos después de impuestos, casi el doble de lo que un recién llegado con mis pergaminos podría ganar en otra empresa. A medida que me afianzara en el cargo me darían más responsabilidades y cuando llegara a ser gerente comercial me incorporarían en el directorio y ganaría lo mismo que ellos. Después quiso dejarme en claro que la siguiente generación, la de nuestros hijos, no entraría a trabajar a la fábrica. Cuando nosotros ya no pudiéramos administrarla, contrataríamos a gente profesional para que lo hiciera. No habría espacio para todos los hijos y las peleas entre familias serían inevitables. Ya de salida, respondiendo a su instinto de abrir la puerta y desaparecer, me aclaró que las mujeres no tenían cabida en la fábrica: «Son demasiado complicadas», la última palabra la dijo con exageración, haciendo vibrar la penúltima sílaba entre sus mejillas. Me quedó claro que no quería que nadie más fuera a meterse a su fábrica, ya suficiente tenía con que hubiera llegado yo.

De ahí me fui a ver a mis papás. Estaban en el estar. Me vieron contento. Susanna me acarició el pelo y me besó la frente. Sin levantar del todo la cabeza, con voz quebradiza, mi padre dijo:

—Me alegro, hijo, va a ser bueno para Comper.

La ternura con que pronunció «Comper» hizo patente cuánto añoraba volver a su fábrica. Su hijo menor comenzaría a trabajar en ella y él no estaría ahí para recibirme, ni para educarme en el arte de gobernar una empresa. No podría ver su sueño realizado: sus tres hijos ingenieros reunidos en torno a su obra, dispuestos a engrandecerla y prolongarla en el tiempo.

Sin que Ricardo se diera cuenta, Susanna me hizo un gesto para que saliéramos del estar. Fui a la cocina y oí a mi madre dirigirse a su pieza. La seguí. La penumbra del atardecer invernal se había apropiado del cuarto.

—Tienes que contarle a tu hermano Pedro que eres homosexual.

—Pero, mamá, no tengo ninguna intimidad con él. Para mí es casi un extraño.

—Mi amor, es mucho mejor que lo sepa ahora, y además usted no va a tener que andar escondiéndose de nadie.

—¿Y si se lo toma a mal?

—Hágame caso. Mal se lo va a tomar si lo sabe después.

Mi madre llamó a Samuel y lo convenció de la urgencia de que yo siguiera su consejo. No podíamos arriesgarnos a que Pedro se sintiera traicionado y quisiera dejar la fábrica. Era el único que podía dirigirla. Con solo tres años ahí, a Samuel le faltaba experiencia. Le debíamos a Pedro esa pizca de lealtad.

En camino a Cerrillos, luego de dejar atrás el edificio del Matadero, tuve la esperanza de que no sería más que un trámite. Si confiaba en las artes conciliatorias de mi madre, era posible que ella hubiera preparado a Pedro para la noticia. Estaría en su oficina esperando a oírla de mi boca y luego me diría que mientras hiciera bien mi trabajo, mi vida privada lo tendría sin cuidado. La reunión estaba fijada para las diez de la mañana.

La noche anterior me había quedado a dormir donde José.

—¿Cómo estái? —me preguntó con los ojos risueños mientras bajábamos esa mañana en el ascensor. Él iba camino a su agencia de publicidad.

—Un poco asustado.

—Piensa que lo peor que puede pasar es que tengas que buscar otro trabajo. A cualquier empresa le gustaría contratarte.

—Es terrible no tener idea de cómo va a reaccionar.

—Si le molesta, que se joda. Y yo voy a seguir aquí.

Se fue sonriendo cuando nos separamos en la puerta del edificio.

Me estacioné frente a las oficinas administrativas, junto al carrito de golf. De solo verlo se me apretó el corazón. Lo mantenían ahí en caso de que Ricardo quisiera regresar algún día, aunque llevara dos años sin poner un pie en la fábrica. Miré la explanada alrededor y el perfil de la planta con un raro sentimiento de culpa. Pedro se había instalado en la oficina de mi papá y sobre el escritorio conservaba algunas de sus pertenencias: una réplica de la escultura de Caupolicán, hecha por Nicanor Plaza, de unos cuarenta centímetros de altura, bastante pesada por lo que podía recordar de una visita cuando niño, trofeo de un premio gremial que le habían dado a Ricardo; también seguía ahí el puño de metal cromado, de líneas depuradas, comprado en Italia, que hacía las veces de gigantesco pisapapeles. Al estar dirigido hacia quien estaba de visita, es decir, hacia mí, el puño no dejaba de ser intimidante. En las paredes, fotos enmarcadas del proceso de construcción de la planta; debajo de ellas, muebles de madera oscura, con puertas correderas. No cabía duda, Pedro había tomado el lugar de mi padre.

—Dime —dijo, luego de sentarse muy quieto detrás del escritorio con cubierta de cristal.

—Vengo a contarte algo que quizá ya sabes, o te imaginas. Algo mío.

—No tengo la menor idea de lo que pueda ser —aseguró con un parpadeo de cejas.

Estábamos el uno frente al otro, dos mundos por completo diferentes, expuestos por primera vez a una forzada intimidad. Teníamos que pasar de un trato cordial pero distante a una conversación que involucraba un aspecto medular y a la vez delicado de mi ser.

—Es difícil...

Levanté la vista, esperando alguna muestra de aliento de su parte. Pero me encontré con una mirada ausente de curiosidad. Me sentí débil. No quería pensar que para abrirme camino tendría que enfrentar una salida del clóset tras otra.

—Soy gay —dije por fin.

Me indigna hasta el día de hoy que se me haya escapado una lágrima.

—Ah, no tenía idea —juntó las cejas en gesto de reflexión, sin que dejaran de moverse.

Tuve que aspirar profundo dos o tres veces para volver a hablar con voz entera:

—La mamá me pidió que te contara antes de entrar a trabajar aquí.

—Qué bueno que te convenciera de hacerlo.

Se quedó pensativo otro instante y después preguntó con esa voz que se adelgazaba en su garganta:

—¿Sabe el papá?

—No, no lo sabe. La mamá no quiere que sepa.

—Ah, bien.

—¿No es un problema para ti?

—A mí me da lo mismo, puedes hacer con tu vida lo que quieras. Pero no puedes trabajar con nosotros.

Debí estar preparado, cabía la posibilidad de que reaccionara así, pero igualmente me atravesó un lanzazo de perplejidad.

—Es imposible —continuó, adelantando las cejas una vez más—. ¡Imagínate! Si el gerente general de

Besalco o de Sodimac, o alguno de nuestros clientes japoneses supieran que el futuro gerente comercial es gay, dejarían de comprarnos perfiles. Así de simple. No, ¡imagínate! —reafirmó, levantando las manos en el aire—, imposible.

Dijo «imposible» con el mismo bufido grave que había dicho «complicadas» días atrás. Yo solo sentía el frío del acero, del metal cromado, del cristal.

—¿Por qué habrían de enterarse?

—En este mundo todo se sabe —dijo en tono paternalista, como si se burlara de mi candidez—. Sorry, hermanito. Para que lo tengas claro, esto lo hago también por tu bienestar y tu patrimonio. Ambos saldrían perjudicados si entraras a trabajar aquí.

—Tengo el mismo derecho que tú.

—Mientras sea yo el que mande, nadie puede obligarme a hacer algo que vaya en contra del bien de la fábrica.

—A un hermano no se le echa a un lado por el bien de la fábrica.

—Aaah, no —lanzó un soplido y se enderezó en la silla, dándose impulso con las dos manos sobre los posabrazos—, tendría que nacer de nuevo. Con todo lo que hemos tenido que hacer para salvar Comper después de la expropiación, de la recesión del 75, del desastre del 82, de la pelea con el tío Flavio, ¿crees que ahora me voy a poner sentimental porque mi hermanito menor es gay? Eso sería no conocerme. Si no estás de acuerdo, puedes preguntarle su opinión al papá, a ver qué te dice.

—¿Y por qué no le preguntas su opinión a la mamá?

—Porque el único que puede darme una orden como esta es él. Yo estoy aquí en su representación. La mamá podrá tener su punto de vista, pero ella no es mi jefe.

La presión de mi madre arreció, secundada por Samuel. Ella podía estar incluso de acuerdo en que yo estaba enfermo, era seguro que me habían pervertido en Estados Unidos, pero ningún argumento podía justificar que se me privara de mis derechos familiares. Yo era tan hijo de ella y de Ricardo como Pedro, mis títulos universitarios hablaban a mi favor, no iba a aceptar una negativa de su parte.

Para Pedro existían tres salidas posibles: plantearle la situación al papá, a lo que Susanna se negó de plano; él podía abandonar la fábrica y dejarnos la administración a Samuel y a mí, lo que para Susanna era una solución imposible; o nos resignábamos y acatábamos su juicio.

Vista así, la claudicación de Susanna fue justificada. Porque aun si ella aceptaba la renuncia de Pedro, tendría que haberle dado a Ricardo una razón y después haberlo calmado respecto de las consecuencias. Y aunque hubiera estado dispuesta a asumir esas tareas ingratas, Pedro le había advertido que, puesto en ese trance, él le contaría al papá el verdadero motivo de su partida.

Había otra salida sin embargo, que no estaba en las manos de Susanna, sino en las mías. Yo podría haberle contado a mi padre, haber llevado mi caso ante él. No lo hice porque tuve miedo, le temía al extrañamiento. A pesar de estar tan enfermo, mi padre poseía la autoridad para dar o quitar pertenencia, para prohibirme la entrada a la casa, para imponerle a mi madre y a mis hermanos la obligación de no verme más. Con una sola frase podía aplastar los esfuerzos para comprender que había hecho Susanna. Con su anuencia, Pedro podía desheredarme con alguna artimaña legal. Sí, también me paralizó la codicia. No quería caer fuera del

tablero, perderme en el olvido, el desarraigo, la ausencia y la pobreza. La expulsión de la familia traería consigo la condena social. Era 1989. Tenía miedo de terminar mi vida aislado del mundo que me
vio crecer. Si hubiera tenido la fuerza que adquirí
pocos años más tarde, lo habría hecho sin dudarlo.
Pero quizá tal cosa nunca habría llegado a ocurrir,
porque desarrollé gran parte de mi convicción después de la muerte de Ricardo. Así de poderosa latía
su presencia antagónica en mi vida. Me debilitaba
por el solo hecho de existir.

27. Octubre de 1998

Subí corriendo las escaleras hasta el cuarto piso, donde quedaba nuestro departamento. Abrí la puerta y me fijé en las copas reverdecidas de los árboles del parque Forestal. José todavía estaría en la cama, durmiendo o tomando desayuno. Estuve tentado de llamarlo por celular en el camino, pero preferí guardarme la sorpresa. Ahí estaba con su pelo crespo disparado por la noche revuelta, el pecho macizo y velludo, sus ojos azules al mismo tiempo fríos y cómplices. El sol dibujaba un triángulo blanco en las sábanas.

—Mi mamá nos invitó a almorzar a su casa.

—¿Cómo? ¿Hoy?

—Sí, me pidió que te invitara.

—¡Milagro! ¿Qué pasó en ese cementerio?

Sonreía con atención, pero me miraba como si quisiera saber dónde estaba la trampa.

—La homilía de Diego. Nos dejó a todos inspirados. Habló de que teníamos que ser buenos hermanos y no involucrar a mi mamá en nuestras peleas. Samuel me abrazó casi llorando cuando nos dimos la paz.

—Ese cura está hecho para tu familia: inteligente y cebollero.

—Tienes que levantarte.

—¿Y cómo tengo que vestirme?

—Como siempre.

—No poh, me voy a poner una camisa. Cómo se te ocurre que voy a ir en polera.

—Sí, con camisa, y un suéter por si nos quedamos hasta tarde.

—Qué nervios. ¿Van a estar Pedro y Samuel?

—Pedro, no. Dijo que tenía amigdalitis.

—No va a ser tan tenso entonces. Nunca nos hemos saludado. Una vez me crucé con él en la calle y me quitó la vista.

—No me habías contado.

—Pa' qué, te agobias demasiado con los desaires de tus hermanos. ¿A qué hora tenemos que estar allá?

—A las dos.

—Chuta, mejor me ducho altiro.

Lo acompañé mientras se afeitaba. Tarareaba una canción.

—Mi mamá fue la única que no lloró. Me tinca que le dijo al cura lo que tenía que decir.

—Bien hábil tu mamá. Me gusta que se haya puesto firme.

José se probó tres camisas. Rosada, no, mucho; celeste, demasiado combinada con los blue jeans; blanca, siempre el blanco salvaba. Cuando estuvo listo, apestaba a perfume.

—Te echaste demasiada colonia.

—Para una ocasión así hay que andar olorosito —dijo, recogiendo su billetera y su reloj Swatch del velador—. No vayan a pensar que uno es salido de cualquier parte.

Fuimos a la cocina. José quería llevar algo de regalo, pero llevar vino o champán a un almuerzo le pareció inadecuado.

—A tu mamá le gustan los chocolates, ¿cierto?

—Una vez hizo una manda para que a Samuel no lo echaran de la universidad y pasó un año sin probarlos. Ahora los esconde en un clóset para comérselos ella sola.

—Le llevamos entonces los chocolates Lindt que compré en el Duty Free.

—¿Tienes con qué envolverlos?

—Sí, guardé el papel de un regalo que me hicieron para el cumpleaños.

Seguía tarareando la canción. Era *Faith*, de George Michael. De nuevo despedía ese brillo de cuando le tocaba participar en una situación extraordinaria.

Él tomó el teléfono cuando sonó.

—Es tu mamá —se puso serio al pasarme el auricular—, está llorando.

Mi madre gimoteaba al otro lado de la línea.

—¿Mamá?

—No venga, mijito, no venga.

—¿Qué pasó?

—Sus hermanos... —un lamento se le escapó de la garganta.

—Mamá —dije haciendo todo lo posible para contenerme—, es su casa. Es usted la que invita. Si a ellos les molesta, que se vayan.

—Si viene va a ser peor. Quédese en su casa, hágalo por mí.

28. 2015

Mientras tomaba desayuno, con el sol tendido de la mañana alumbrando la terraza del departamento, el bol en que comía cereales se movió como si hubiera adquirido vida propia. Le pregunté a José si lo había movido él. Se alarmó. Después de veintiséis años juntos, sabía distinguir cuando una pregunta mía iba en serio. De pronto el cuenco se agitó por segunda vez. Tiré la silla hacia atrás y me puse de pie. Creí que había una rata dentro, o que estaba ocurriendo un hecho sobrenatural. Recién entonces comprendí que había sido mi mano izquierda la que había movido el plato sobre el que se posaba el bol, sin que me diera cuenta. Sentí que el brazo se me había vaciado por dentro, mientras por fuera lo recorría una legión de hormigas. Me llevé la mano ante los ojos y no fui capaz de separar el dedo anular del dedo corazón.

Una vez que ingresé al servicio de urgencia de la Clínica Santa María, en esos minutos que podían resultar cruciales, cuando entraron al cubículo cinco personas al mismo tiempo, cada una designada para realizar una tarea distinta, pensé en mi padre, en el miedo que sintió la primera vez que su cerebro falló, en la desesperación que debió de apropiarse de él a medida que su cuerpo dejó de responder sus órdenes. Sometido a las incesantes preguntas de las doctoras y las rápidas instrucciones de los enfermeros, sentí su presencia por primera vez en muchos años.

Me hicieron un electrocardiograma con un aparato portátil, me pusieron una vía intravenosa en la parte interna del codo derecho y me llevaron hasta la sala de imágenes. Primero me harían un escáner, después una resonancia magnética. Quizá cuántas veces mi padre tuvo la cabeza metida dentro de una de esas máquinas.

Más tarde, ya de noche, con solo José de custodio, encallado en una habitación de la unidad de cuidado intermedio, empecinado en que nadie más se enterara de lo que me había ocurrido, preocupado de lo que podía pasar porque mi presión continuaba alta y mi brazo no respondía bien, me vino a la memoria el viaje al sur. El amplio panorama del lago y el volcán se abrió en mi mente. Fui siguiendo sus singularidades: la puntilla de El Sueño, a mano izquierda, apenas distinguible; el puente sobre el río Toltén, con su gran arco, adelante; la ciudad de Villarrica, brillando bajo el humo de las chimeneas, sobre la península; más allá, la bahía de El Parque, en el inicio del camino a Pucón; y siguiendo la dirección hacia donde indicaba el brazo de mi padre, creí distinguir la línea gris de Playa Linda. Por encima de todo, se alzaba el volcán, con un sombrero chino hecho de nubes cubriendo la cima. Don Luis habría dicho que iba a llover. José dormía en el sillón y a través de la ventana pude distinguir la virgen iluminada en la cima del San Cristóbal, cada vez más espectral, envuelta en un frente de nubes que había entrado desde el poniente. También llovería sobre Santiago, una vez más. El agua caería sobre los techos de la ciudad, su rumor llegaría hasta los oídos de mis hermanos, las calles se teñirían de brillo y el río se crecería, recordándonos que sigue ahí, insistiendo en su presencia aunque queramos olvidarlo. También yo moriría, como mi padre, y mientras más cerca estuviera de la muerte, más cerca me sentiría de él. Me estaba quedando dormido. Sobre la superficie del lago, llueve. La tumba de mi padre flota en medio de la noche, mis huesos se mecen debajo de los suyos, rodeados de la nocturna soledad del cementerio.